汉诗的艺术 [大字本]

丁川 著

浙江大学出版社
ZHEJIANG UNIVERSITY PRESS

序

　　"诗,是人类的共同财富。"诗歌作为历史最悠久、形式最优美的文学体裁之一,记录了世界各族人民的所见所思和丰富情感,迄今留下了数不胜数的经典作品。中国是诗歌的国度,与其他国家相区别,中国的诗歌统称为"汉诗"。"诗言志,歌咏言",古人通过诗歌咏史、咏物、咏时,"风雅兴寄"的传统贯穿整个中国诗史,同时将天下意识和千秋情怀与诗歌一起融进了历代知识分子的血液。特别是流光溢彩的盛唐时期,涌现出一大批杰出的诗人及不朽的作品,诗人强烈的民族自信和文化自信,赋予了诗歌雍容宏阔、雄壮浑厚的气度。汉诗不仅在中国文学史上居于重要地位,在整个中国传统文化以及泛中华文化圈中也有着举足轻重的影响，华夏文化的精髓都熔铸在汉诗之中。

汉诗是中华传统文化之瑰宝，其中蕴含着华夏先民朴素的世界观、人生观、价值观，浓缩着古人对生命的理解、对生存的洞彻、对生活的感悟，是我们取之不尽的文化财富。文化的功能在于塑造个人、引导社会、传递文明、凝聚力量，所以文化自信是更基础、更广泛、更深厚的自信。从一定程度上讲，我们的文化自信，正是源于以汉诗为代表的中华优秀传统文化所包容的强大精神基因。今天的中华民族，唯有根植于文化自信的土壤，方能完成物质和精神相统一的社会主义现代化建设，真正屹立于世界民族之林。

未来我们提升文化自信的关键，在于全方位推动文化传承与创新，加快促进中华优秀传统文化的开源。一方面，要加强文化的整理和研究，发挥大学人文学科及各类博物馆、艺术馆等功能，从汉诗等文化瑰宝中传承文明遗产、萃取思想精华，形成高品位的文化源头；另一方面，要加强文化的传播与推广，通过各类智库和海内外宣传平台，特别是网络新媒体等，多渠道传播中华文明、讲好中国故事，发出我们的声音，形成文化传播渠道的开源；另外，还要推动以文化人、以文育人，把中华优秀传统文化的精髓融入学校人才培养和社会文明教化中，培养知识、能力、素质、人格全面发展的优秀人才，真正从源头上塑造国民的良好文化素养和行为规范。我坚信，通过中华优秀传统文化的开源，不仅会推动汉诗在现代社会重新焕发异彩，而且将为实现中华民族伟大复兴的中国梦提供不竭的精神动力。

我和广大读书人一样，平时也喜欢诵读诗歌，从中获得思想的启迪和精神的洗礼。品读丁川先生关于汉诗的论著和部分诗歌的结集，仿佛回到了学生时代的课堂上，先生声情并茂讲授诗歌的场景如在眼前。丁川先生将毕生精力奉献给了传统文化的研究和教育事业，让一代又一代学子得以认识、了解、热爱传统文化。如今，这部融理论和实践于一身的诗学专著即将出版，希望有更多的学人有机会通过丁川先生的著作，扬帆诗海，探索汉诗的隽永韵味；也希望通过我们教育工作者的共同努力，促进哲学社会科学繁荣发展，推动中华优秀传统文化的传承和创新，引领世界读懂东方神韵，不断扩大中华文明在国际社会的影响。

吴朝晖

2017 年 2 月于求是园

为丁川先生《汉诗的艺术》序

丙戌朱明，荷何君引荐，初谒丁川先生于其第舍。交有年，通问丽泽，遂知先生攻小学，尤善诗。此悉鲰生之短也，因尝请益。

蒙于诗，自卜未涉其樊。窃维有思则有言，然言有不能尽者，咏叹而发为诗，盖性使之然也。夫五谷疗饥，药石伐病，诗歌可以怡心哉。

先生荣问休畅，诗名远擸。及辱赐《风雅余韵》，所集律诗绝句数百，造怀指事，驱辞写物，捶字清捷，托谕浮意，极尽兴、观、群、怨之用也。虽复之，无歝。

条其大旨，迨及纤艳情诗，亦不务妍冶。既处明夷之世，先生留思民瘼，若《哭田》《诗会上作》《登新市府大厦》《公宴上闻某公话民主》《国庆之夜》云云，叚诗畅怀纾愤，极虑以意象，任气以使才，非今之有司迎阿当轴而肖"台阁体"者可媲。且常于物情俗事，意奋笔纵，厥旨渊放，若《读〈羊城晚报〉新闻》《为北京市副市长王宝森临刑作》《世风颂》《老儒叹》《逛书店》云云，大举有感而发，无"西昆体"肥辞索莫之广也。

其诗非惟不乏佳什，且每有迥句。若"无人为唱阳关曲，只有鞭声催马蹄"（《出京门代右派伯父作》）、"唯恐清香左邻晓，丹青不用用炉灰"（《自题画梅》）、"难怪天无目，原来坠此山"（《题天目山》），诸句皆展义骋情，感荡灵台者。其犹春风扇物，在蒙颇喜之。虽然，陶诗甘，而杜少陵不喜；杜诗苦，而欧公不喜。元白宗坦易，为王阮亭所疾。江西主"无一字无来处"，为严羽《沧浪诗话》痛訾之。又如竟陵、公安、七子互诋。是故平章固难求一，抑先生功夫寔深，克自成一家也。

先生凝情于诗久矣，痴矣！幸自奉有余，断无催租断句之忧。顾为文伤命，用思困神，数念其自玉以养年。惟岁月不居，先生搁管亦不居。新为《汉诗的艺术》,扶律绝于将坠,宣汉唐之不泯。将付剞劂,惠书属序于蒙。自揣俭陋,何足铨衡,第辞未获命,用惶惶为之序。

孔元二五六七年

柔兆涒滩则阳上弦

后学黄志霄谨识于怿古轩

目　录

汉诗的艺术载体

自古以来,中国的优秀诗作基本都有其托兴的艺术载体。且看:

例一,《诗经·魏风·硕鼠》:

硕鼠硕鼠,无食我黍!三岁贯女,莫我肯顾。
逝将去女,适彼乐土。乐土乐土,爰得我所。

硕鼠硕鼠,无食我麦!三岁贯女,莫我肯德。
逝将去女,适彼乐国。乐国乐国,爰得我直。

硕鼠硕鼠,无食我苗!三岁贯女,莫我肯劳。
逝将去女,适彼乐郊。乐郊乐郊,谁之永号?

作者把对压迫者、剥削者的痛恨,全寄托在对贪婪硕鼠的仇恨这个艺术载体之中,委婉地表达了自己内心的真实思想感情。如果没有艺术载体,全诗的抒情就会苍白无力,不可能感染读者,还有可能直言招忌。

例二,《楚辞·渔父》:

屈原既放,游于江潭,行吟泽畔,颜色憔悴,形容枯槁。渔父见而问之曰:"子非三闾大夫欤? 何故至于斯?"

屈原曰:"举世皆浊我独清,众人皆醉我独醒,是以见放。"

渔父曰:"圣人不凝滞于物,而能与世推移。世人皆浊,何不淈其泥而扬其波? 众人皆醉,何不餔其糟而歠其醨? 何故深思高举,自令放为?"

屈原曰:"吾闻之:新沐者必弹冠,新浴者必振衣。安能以身之察察,受物之汶汶者乎? 宁赴湘流,葬于江鱼之腹中。安能以皓皓之白,而蒙世俗之尘埃乎?"

渔父莞尔而笑,鼓枻而去。乃歌曰:"沧浪之水清兮,可以濯吾缨;沧浪之水浊兮,可以濯吾足。"遂去,不复与言。

为了表达并歌颂屈原不同流合污的精神,作者设计了屈原与渔父对话的故事,并借此为艺术载体,形象地道出了全诗主旨。如果舍此载体,就不是诗了。

例三,《古诗十九首》之十:

迢迢牵牛星,皎皎河汉女。纤纤擢素手,札札弄机杼。终日不成章,泣涕零如雨。河汉清且浅,相去复几许?盈盈一水间,脉脉不得语。

作者之所以创造牛、女相爱而不能相见的神话故事,是为了表现人间劳动者得到爱情之不易。全诗就是一个艺术载体,不言而主旨自明。这是非常高超的艺术手法。

例四,曹植《七步诗》:

煮豆持作羹,漉豉以为汁。萁在釜下燃,豆在釜中泣。本是同根生,相煎何太急?

以其豆相煎一事为艺术载体,委婉道出兄弟相逼之残酷,真是恰到好处,所以流传近两千年而不朽。

例五,陶渊明《桃花源诗》:

　　嬴氏乱天纪,贤者避其世。黄绮之商山,伊人亦云逝。往迹浸复湮,来径遂芜废。相命肆农耕,日入从所憩。桑竹垂余荫,菽稷随时艺。春蚕收长丝,秋熟靡王税。荒路暖交通,鸡犬互鸣吠。俎豆犹古法,衣裳无新制。童孺纵行歌,斑白欢游诣。草荣识节和,木衰知风厉。虽无纪历志,四时自成岁。怡然有馀乐,于何劳智慧。奇踪隐五百,一朝敞神界。淳薄既异源,旋复还幽蔽。借问游方士,焉测尘嚣外?愿言蹑轻风,高举寻吾契。

作者笔下之桃花源,纯是一个艺术载体,目的有二:一在批判现实,二在追求理想。诗人之意,在于言外,岂可当真?

例六,谢灵运《夜宿石门诗》:

　　朝搴苑中兰,畏彼霜下歇。暝还云际宿,弄此石上月。鸟鸣识夜栖,木落知风发。异音同至听,殊响俱清越。妙物莫为赏,芳醑谁与伐?美人竟不来,阳阿徒晞发。

石门之景色为全诗的艺术载体,借此抒发了作者复杂的心情:既有所畏,又有所爱。舍此载体,全诗主旨必将悬空。

例七,唐章怀太子李贤《黄台瓜辞》:

种瓜黄台下,瓜熟子离离。一摘使瓜好,再摘令瓜稀。三摘尚自可,摘绝抱蔓归。

作者之所以创造摘瓜这个艺术载体,目的全在于控诉武则天专权跋扈,残暴得连儿子都不放过的行为。诗虽委婉,但章怀太子还是为武后逼令自杀。

例八,朱庆馀《闺意》:

洞房昨夜停红烛,待晓堂前拜舅姑。妆罢低声问夫婿:画眉深浅入时无?

据传,诗是写给当时诗名甚著的诗人、水部郎中张籍的。张籍非常欣赏,作者终于考中进士。此诗妙在创造了一个十分优美的艺术载体,曲折地道出了全诗的主旨——向对方传递一个信息:我的这种文风是否合乎时宜?

例九,朱熹《观书有感》:

半亩方塘一鉴开,天光云影共徘徊。问渠那得清如许?为有源头活水来。

全诗即一艺术载体,把观书之感全寄托其中,活灵活现,胜于说理百倍。

例十,苏轼《定风波》:

莫听穿林打叶声,何妨吟啸且徐行。竹杖芒鞋轻胜马,谁怕?一蓑烟雨任平生。 料峭春风吹酒醒,微冷。山头斜照却相迎。回首向来萧瑟处,归去,也无风雨也无晴。

这首词是作者谪居黄州之后的心情写照。在苏轼看来,政治起伏不定是正常的,不必计较得失与升沉。这些思想感情全寄托在艺术载体中,没有一言道破。

以上事实说明,汉诗与口号、快板、顺口溜等韵文有很大的区别。其一大区别,即汉诗往往不是直接抒情的。别说全篇主旨必须通过意境来传达——如陶渊明笔下的"桃花源",即委婉地传达了作者对没有压迫、没有剥削的理想社会的向往,而所描写的情景,仅仅是艺术载体而已——即使是诗中的具体感情,也必须依赖意象来表现,如《硕鼠》中的"硕鼠""乐土"等。所以,刘勰在《文心雕龙·神思》中强调:"独照之匠,窥意象以运斤,此盖驭文之首术,谋篇之大端。"(当时诗文统称"文",此处指诗。)意象是情景结合体,是诗的基本因素,从美学角度看,诗这种艺术品,是建立在意象基础上的,绝非语言学的词汇上。唐代王昌龄在《诗格》中强调,诗有三境:物境、情境、意境。又说:"夫置意作诗,即须凝心,目击其物,便以心击之,深穿其境。""夫作文章,……思若不来,即须放情却宽之,令境生。然后以境照之,思则便来,来即作文。"并要求"境与意相兼始好"(以上引文出自《世界诗学大辞典》第 538 页)。可见,从诗的立意与构思来看,诗人除了善于创造意象,还必须善于创造意境。所谓"意境"，就是超越具体的、有限的物象、事件、场景，进入无限的时间和空间，即所谓"胸罗宇宙，思接千古"，从而对整个人生、历史、宇宙获得一种哲理性的感受和领悟（引自《世界诗学大辞典》第682页）。世上不存在没有意境的诗，没有意境者绝非诗。如上所举曹植《七步诗》，其意境令人感动，催人泪下，全赖其艺术载体之逼真、生动。

从孔夫子说《易》开始，就强调"立象以传意"。几千年中国诗学与美学，都一致强调吟诗必须借重艺术载体。清王夫之说："或可以兴，或不可以兴，其枢机在此。"《古诗选评》

然而，时下许多汉诗爱好者或自称为诗人者，从其作品来看，普遍不谙此道。如某文学教授《和文勋师以诗论诗》："语言音律至今同，诗艺千秋酷慕中。雪中盈盈藏雅韵，山河表里带骚风。心灵入句成秋水，性格追辞茂夏松。流派纷纭须灿烂，言情立象古今通。"诗中虽言诗须立象，但全诗基本以议论为主，严重缺乏托兴的艺术载体。此作盖承前人所谓"以诗论诗"之弊，实以议论论诗，本身并非诗，只不过其貌似诗而已。

宋代诗论家严羽在其《沧浪诗话》中说："夫诗有别

材,非关书也;诗有别趣,非关理也。然非多读书,多穷理,则不能极其至。所谓不涉理路、不落言筌者,上也。"所谓别材,盖指特殊题材,非本事之谓,乃谓托兴之事、之物、之景也。凡精于习诗者皆有感受:本事易寻,托兴之境难找。托兴之境与本事,必须有关联之处。如硕鼠与贪官污吏、醉者与随波逐流者、牵牛织女星与相爱而不能成为眷属者、豆萁煮豆与兄弟相煎逼者、桃花源与理想社会、石门之景与无所畏而有所爱之社会、乱摘瓜与乱杀子、画眉深浅与文章分寸、方塘美景与观书。借彼境之描写,以抒此事之情,始有"别趣"可言。

诗是艺术。艺术少不了艺术载体。画家潘天寿题为《雷锋精神》的作品,不是雷锋头像,而是青松形象;音乐家聂耳的《义勇军进行曲》,没有喇叭声,而是令人听了热血沸腾的高昂节奏与急促旋律。宗白华先生在《美学散步》中列举了许多例子,说明诗与画、音乐等艺术作品,都离不开艺术载体,真可反复品味。

汉诗的审美意象

《易传》提及,孔子言"立象以尽意"。这个美学重要原理提出后,汉诗创作便自觉进入创造审美意象的艺术规则。试看:

《古诗十九首》之二:

青青河畔草,郁郁园中柳。盈盈楼上女,皎皎当窗牖。娥娥红粉妆,纤纤出素手。昔为倡家女,今为荡子妇。荡子行不归,空床难独守。

全诗笼罩在一种栩栩如生的审美意象之中,没有一个词是抽象的抒情,没有一个词是孤立的写景,而是融情景为一炉,把荡子妇思夫的情怀及其周围环境水乳交融般地描绘出来,使读者产生无穷的遐想。这就是审美意象的魅力。

曹操《观沧海》:

> 东临碣石,以观沧海。水何澹澹,山岛竦峙。树木丛生,百草丰茂。秋风萧瑟,洪波涌起。日月之行,若出其中。星汉灿烂,若出其里。幸甚至哉,歌以咏志。

沈德潜评曰:"有吞吐宇宙气象。"(《古诗源》)的确,一代枭雄的豪情壮志,通过一个又一个逼真的审美意象传达出来,比起"念天地之悠悠,独怆然而涕下"的直抒情怀不知高明多少。

斛律金《敕勒歌》:

> 敕勒川,阴山下。天似穹庐,笼盖四野。天苍苍,野茫茫,风吹草低见牛羊。

王夫之评曰："寓目吟成,不知悲凉之何以生。诗歌之妙,原在取景遣韵,不在刻意也。"（《古诗评选》）所谓"取景遣韵",即创造审美意象。大凡优美汉诗,无不意伏象外。此诗即为成功典型,其悲凉气氛全寄托在审美意象之中。

所以,刘勰在《文心雕龙·神思》中明确指出："独照之匠,窥意象而运斤,此盖驭文(指诗)之首术,谋篇之大端。"又说："神用象通,情变所孕。"刘勰的意思是说,在汉诗的艺术构思中,景物之象与诗人之意是结合在一起的。诗人凭借景物之象展开时空想象,使景物之象在诗人的情意之中孕育成审美意象,然后借助语言给人以美的享受。上引三首诗,就是根据这个艺术规则创造出来的。它们给读者的不仅是意,也不仅是象,而是审美观照的整体——意象。因此,仁者见仁,智者见智,令人百读而不厌。

历史上凡是著名诗人都是美学家。被称为"七绝圣手""诗家夫子"的盛唐诗人王昌龄,不仅诗作得好,对诗的艺术也有独到见解。他在《诗格》中强调"诗有三境":一曰"物境","了然境象,故得形似";二曰"情境","皆张于意而处于身,然后驰思,深得其情";三曰

"意境","亦张之于意而思之于心,则得其真矣"。他认为:"夫置意作诗,即须凝心,目击其物,便以心击之,深穿其境。""夫作文章,……思若不来,即须放情却宽之,令境生。然后以境照之,思则便来,来即作文。"又反复强调"境与意相兼始好",进一步发挥了刘勰的美学观点。

晚唐著名诗人司空图《与极浦书》中记载,中唐著名诗人戴叔伦曾说:"诗家之景,如蓝田日暖,良玉生烟,可望而不可置于眉睫之前也。"司空图在《与王驾评诗书》中极其推崇戴说,认为诗人应写出"象外之象,景外之景",称赞王诗"长于思与境谐"。司空图《二十四诗品》一书是后来学诗者之圭臬,全书列出汉诗二十四种风格,都是围绕着审美意象而展开论述。

在这种美学理论指引下,继汉魏之后,晋宋及有唐一代诗歌开出千娇百媚的花朵。

如陶渊明《饮酒》之四:

结庐在人境,而无车马喧。问君何能尔,心远地自偏。采菊东篱下,悠然见南山。山气日夕佳,飞鸟相与还。此中有真味,欲辨已忘言。

全诗但见审美意象，不见作者情意，因为诗人已把胸中元气完全渗透在自然景物之象中，毫无痕迹可寻。这种作品韵味无穷，令人品之不尽，不愧"神品"之称。

又如崔颢《长干曲》之一：

> 君家住何处？妾住在横塘。停舟暂借问，或恐是同乡。

透过审美意象，使人看到有限的文字之外潜伏着的无限情景，乡思油然而生。

再如张子容《泛永嘉江日暮回舟》：

> 无云天欲暮，轻鹢大江清。归路烟中远，回舟月上行。傍潭窥竹暗，出屿见沙明。更值微风起，乘流丝管声。

王夫之评曰："只于心目相取处，得景得句，乃为朝气，乃为神笔。景尽意止，意尽言息，必不强括狂搜，舍有而寻无。在章成章，在句成句，文章之道，音乐之理，尽于斯矣。"（《唐诗评选》）

南宋诗人、诗论家严羽在《沧浪诗话》中更是强调汉诗的艺术特征要求以完美的审美意象表现诗人情性的感受。他认为"盛唐诗人唯在兴趣,羚羊挂角,无迹可求","故其妙处,透彻玲珑,不可凑泊,如空中之音,相中之色,水中之月,镜中之象,言有尽而意无穷"。他有个诗学主张:"夫诗有别材,非关书也;诗有别趣,非关理也。然非多读书,多穷理,则不能极其至,所谓不涉理路、不落言筌者,上也。"并批评宋诗说:"近代诸公乃作奇特解会,遂以文字为诗,以才学为诗,以议论为诗。"这种主张上承刘勰诸家之说,下合诗坛实际,赢得后人公认。

可是,汉诗自宋开始在背离审美意象的艺术规则下愈走愈远。到了明代,王廷相在《与郭价夫学士论诗书》中又再次强调:"夫诗贵意象透莹,不喜事实粘著,古谓水中之月,镜中之影,难以实求是也。……嗟呼!言征实则寡余味也,情直致而难动物也,故示以意象,使人思而咀之,感而契之,邈哉深矣,此诗之大致也。"

到了清代,王夫之继承前人尤其是王廷相的美学思想,反复强调,审美意象才是汉诗的艺术本体;一首诗好不好,不在于"意"如何,而在于审美意象如何。他在《明诗评选》中说:"诗之深远广大,与夫舍旧趋新也,俱不在意。唐人以意为古诗,宋人以意为律诗绝句,而诗遂亡。如以意,则直须赞《易》陈《书》,无待诗也。'关关雎鸠,在河之洲,窈窕淑女,君子好逑',岂有入微翻新,人所不到之意哉?"在《姜斋诗话》以及古诗、唐诗、明诗三册《评选》中,王反复阐述这个美学观点。

惜乎今人片面认识汉诗,或认为汉诗的精华在格律形式,或认为汉诗的精华在思想内容(即"意"),或认为汉诗的精华在语言形象(即"象"),而很少有人能继承汉诗的传统艺术——创造审美意象。

汉诗的浪漫主义艺术

"为余驾飞龙兮，杂瑶象以为车。何离心之可同兮，吾将远逝以自疏……"每吟诵起《离骚》，眼前就浮现出屈原峨冠博带，手携众多神灵，遨游九霄之上的情景。于是，生活中的烦恼为之一扫而空。真要感谢汉诗的这种浪漫主义艺术魅力，它给我们带来多少乐趣！

浪漫主义艺术不仅大量出现在屈原的楚辞作品中，其远在《诗经》时代就已露出眉目。如《小雅·采薇》第六章：

昔我往矣，杨柳依依。今我来思，雨雪霏霏。行道迟迟，载饥载渴。我心伤悲，莫知我哀。

其把杨柳、雨雪写得活灵活现，好像与自己同悲。又如《大雅·凫鹥》首章：

凫鹥在泾，公尸来燕来宁。尔酒既清，尔肴既馨。公尸燕饮，福禄来成。

诗中的"公尸"即神的替身，由于高兴，居然也来赴宴。

又如《大雅·卷阿》第九章借对传说中的凤凰的描写，来赞美周王朝君臣的和谐：

凤凰鸣矣，于彼高冈。梧桐生矣，于彼朝阳。萋萋萋萋，雝雝喈喈。

这种超现实的描写艺术，都是浪漫主义艺术。屈原不仅继承了这种艺术传统，还广泛吸收了楚地的民间传说与神话艺术，所以创造出来的楚辞作品大放浪漫主义艺术异彩。

到了汉代,这类作品也不罕见,如蔡邕《翠鸟》:

庭陬有若榴,绿叶含丹荣。翠鸟时来集,振翼修容形。回顾生碧色,动摇扬缥青。幸脱虞人机,得亲君子庭。驯心托君素,雌雄保百龄。

作为艺术载体,翠鸟象征乱世中的弱者,所以可怜亦可爱。

在乐府中,这种艺术用得比较普遍,如《枯鱼过河泣》:

枯鱼过河泣,何时悔复及!作书与鲂鱮,相教慎出入。

又如《拂舞歌·白鸠篇》:

翩翩白鸠,载飞载鸣,怀我君德,来集君庭。白雀呈瑞,素羽明鲜,翔庭舞翼,以应仁乾。交交鸣鸠,或丹或黄,乐我君惠,振羽来翔。东壁余光,鱼在江湖,惠而不费,敬我微躯。策我良驷,习我驰驱,与君周旋,乐道忘饥。我心虚静,我志沾濡,弹琴鼓瑟,聊以自娱。凌云登台,浮游太清,扳龙附凤,日望身轻。

上者讽,下者颂,分别把鱼与鸟作人来写,情趣极浓。

魏晋玄学大兴,诗坛上出现大量游仙诗,表达了文人对自由的渴望与追求。如郭璞《游仙诗》:

青溪千余仞,中有一道士。云生梁栋间,风出窗户里。借问此阿谁,云是鬼谷子。翘足企颍阳,临河思洗耳。阊阖西南来,潜波涣鳞起。灵妃顾我笑,粲然启玉齿。蹇修时不存,要之将谁使?

王夫之评曰:"端委启闭,一自《楚辞》来。笔锋铦利,迎刃自靡,尤古今一杰也。"(《古诗评选》)还有八首与此首同调,都采用浪漫主义艺术手法,"乃命情遣致,自不堕黄流腔板,斯达人之雅致"(王夫之评语)。

浪漫主义艺术手法在唐诗中,数李白用得最为娴熟。略举数例：

> 渌水明秋月，南湖采白蘋。荷花娇欲语，愁杀荡舟人。(《渌水曲》)

> 落羽辞金殿，孤鸣咤绣衣。能言终见弃，还向陇西飞。(《初出金门寻王侍御不遇，咏壁上鹦鹉》)

> 划却君山好，平铺湘水流。巴陵无限酒，醉杀洞庭秋。(《陪侍郎叔游洞庭醉后作》)

> 天下伤心处，劳劳送客亭。春风知别苦，不遣柳条青。(《劳劳亭》)

这些诗，仿佛景物都有生命，都有感情，从而使审美意象透出无限生机。

连白居易《长恨歌》也巧妙地运用了这种艺术手法："……忽闻海上有仙山，山在虚无缥缈间。楼阁玲珑五云起，其中绰约多仙子。中有一人字太真，雪肤花貌参差是……"虚构的这段内容，使这首爱情诗更加美丽动人,更能使人读后浮想联翩。

汉诗的这种艺术传统虽在宋诗中几乎消失殆尽,却依然保存在宋词里。如苏轼《念奴娇·赤壁怀古》:

> 大江东去,浪淘尽,千古风流人物。故垒西边,人道是:三国周郎赤壁。乱石穿空,惊涛拍岸,卷起千堆雪。江山如画,一时多少豪杰。
>
> 遥想公瑾当年,小乔初嫁了,雄姿英发。羽扇纶巾,谈笑间,樯橹灰飞烟灭。故国神游,多情应笑我,早生华发。人生如梦,一尊还酹江月。

这首词之所以脍炙人口,流传千古,一个重要原因是把死去近千年的周公瑾写得栩栩如生。

这种超越时空的浪漫主义思维,也把读者的思想带到战火纷飞的三国中去,得到精神上的享受。宋词之所以成为一代文学,不能不说这也是一个重要因素。

与宋词一样,元曲也是民间文学,充满了浪漫主义艺术色彩。如关汉卿《〔南吕〕一枝花·不伏老》:

〔一枝花〕攀出墙朵朵花,折临路枝枝柳。花攀红蕊嫩,柳折翠条柔,浪子风流。凭着我折柳攀花手,直煞得花残柳败休。半生来折柳攀花,一世里眠花卧柳。

〔梁州〕我是个普天下郎君领袖,盖世界浪子班头。愿朱颜不改常依旧,花中消遣,酒内忘忧。分茶撷竹,打马藏阄;通五音六律滑熟,甚闲愁到我心头?伴的是银筝女银台前理银筝笑倚银屏,伴的是玉天仙携玉手并玉肩同登玉楼,伴的是金钗客歌《金缕》捧金樽满泛金瓯。你道我老也,暂休。占排场风月功名首,更玲珑又剔透。我是个锦阵花营都帅头,曾玩府游州。

〔隔尾〕子弟每是个茅草冈、沙土窝初生的兔羔儿乍向围场上走,我是个经笼罩、受索网、苍翎毛老野鸡蹅踏的阵马儿熟。经了些窝弓冷箭镴枪头,不曾落人后。恰不道“人到中年万事休”,我怎肯虚度了春秋。

〔尾〕我是个蒸不烂、煮不熟、捶不匾、炒不爆、响珰珰一粒铜豌豆,恁子弟每谁教你钻入他锄不断、斫不下、解不开、顿不脱、慢腾腾千层锦套头。

我玩的是梁园月，饮的是东京酒，赏的是洛阳花，攀的是章台柳。我也会围棋、会蹴鞠、会打围、会插科、会歌舞、会吹弹、会咽作、会吟诗、会双陆。你便是落了我牙，歪了我口，瘸了我腿，折了我手，天赐与我这几般儿歹症候，尚兀自不肯休。则除是阎王亲自唤，神鬼自来勾，三魂归地府，七魄丧冥幽。天哪，那其间才不向烟花路儿上走！

这是关汉卿一组著名的散套，极度夸张"我"在妓院中的浪漫生活，表现了不怕封建礼教重压，不甘屈伏的硬骨头精神。曲中充分调动了想象力，运用了浪漫主义艺术手法，以突出人物形象。这种艺术是积几千年的汉诗传统才形成的，可惜在封建文化专制的高压政策摧残下逐渐消沉，明、清两代几乎很难再看到。

在很多人心目中，好像浪漫主义艺术是西方文学专利。其实，根本不是这回事。在我国汉诗中存在着大量浪漫主义作品，屈原、李白就是两面旗帜。我们应当高举这两面旗帜，继承浪漫主义艺术传统，创造出更加光辉灿烂的诗篇。

汉诗的韵味

对于汉诗来说，"韵"与"味"都是指作品的意境效果而言，其义大体一致，所以或单称，或合称。

北宋范温在《潜溪诗眼》中说："有余意之谓韵"，即所谓"大声已去，余音复来，悠扬宛转，声外之音"。并举例说，陶渊明诗"质而实绮，癯而实腴，初若散漫不收，反复观之，乃得其奇处"，"夫绮而腴，与其奇处，韵之所以生，行乎质与癯而又若散缓不收者，韵于是乎成"。又强调说："韵者，美之极。""凡事既尽其美，必有其韵，韵苟不胜，亦亡其美。"

苏轼在《书黄子思诗集后》中继论书法韵味之后

说:"至于诗亦然。苏(武)、李(陵)之天成,曹(植)、刘(桢)之自得,陶(潜)、谢(灵运)之超然,盖亦至矣。而李太白、杜子美以英玮绝世之姿,凌跨百代,古今诗人尽废,然魏晋以来高风绝尘,亦少衰矣。李、杜之后,诗人继作,虽间有远韵,而才不逮意。独韦应物、柳宗元发纤秾于简古,寄至味于淡泊,非余子所及也。"

陈善在《扪虱新语》中说:"读陶渊明诗颇似枯淡,东坡晚年极好之,谓李、杜不及也。此无他,韵而已。"

张戒在《岁寒堂诗话》中说:"韵有不可及者,曹子建是也;味有不可及者,渊明是也。"又说:"辞不迫切而意已独至,此所谓韵不可及也","景物虽在目前,而非至闲至静之中,则不能到,此味不可及也"。

以"味"论诗可能更早。梁代钟嵘在《诗品·序》中批评当时的玄言诗"平典似道德论","淡乎寡味",推崇五言诗是"众作之有滋味者也"。

唐代司空图在《与李生论诗书》中说:"辨于味而后可以言诗。"

韵味一直是汉诗作者共同追求的目标,也是美学家、诗论家探索的共同课题。刘勰在《文心雕龙·隐秀》中说:"夫心术之动远矣,文情之变深矣,源奥而派生，根盛而颖峻，是以文之英蕤，有秀有隐。隐也者，文外之重旨者也；秀也者，篇中之独拔者也。隐以复意为工，秀以卓绝为巧，斯乃旧章之懿绩，才情之嘉会也。夫隐之为体，义主文外，秘响傍通，伏采潜发，譬爻象之变互体，川渎之韫珠玉也。"说明要创造出汉诗的韵味，必须掌握隐秀的技巧。

钟嵘在《诗品•序》中又说："故诗有三义焉：一曰兴，二曰比，三曰赋。文已尽而意有余，兴也；因物喻志，比也；直书其事，寓言写物，赋也。宏斯三义，酌而用之，干之以风力，润之以丹彩，使味之者无极，闻之者动心，是诗之至也。"说明要创造出汉诗的韵味，必须掌握兴、比、赋的表现方式。

严羽在《沧浪诗话•诗辩》中说："诗者，吟咏情性也。盛唐诸人，唯在兴趣，羚羊挂角，无迹可求。故其妙处，透彻玲珑，不可凑泊。如空中之音，相中之色，水中之月，镜中之象，言有尽而意无穷。近代诸公乃作奇特解会，遂以文字为诗，以才学为诗，以议论为诗。夫岂不工，终非古人之诗也，盖于一唱三叹之音，有所歉焉。"说明要创造出汉诗的韵味，首先必须认识汉诗的宗旨，其次必须掌握"兴趣"的思维方法。

历代优秀诗人无不在追求韵味的意境效果上做出了杰出贡献。

请看蔡邕《饮马长城窟行》：

> 青青河畔草，绵绵思远道。远道不可思，夙昔梦见之。梦见在我傍，忽觉在他乡。他乡各异县，展转不相见。枯桑知天风，海水知天寒。入门各自媚，谁肯相为言！客从远方来，遗我双鲤鱼。呼儿烹鲤鱼，中有尺素书。长跪读素书，书中竟何如？上言加餐饭，下言长相忆。

王夫之评曰："纵横使韵，无曲不圆，即此一端，已足衿带千古。或兴或比，一远一近，谓止而流，谓流而止。神龙之兴云雾驭，以人情准之，徒有浩叹而已。"（《古诗评选》）

又陆云《谷风赠郑曼季五首》之一：

> 习习谷风，扇此暮春。玄泽坠润，灵爽烟煴。高山积景，乔木兴繁。兰波清涌，芳浒增凉。感物兴想，念我怀人。

王夫之评曰:"有言必善,无韵不幽。十句如一句,四十字如一字也。"五首总评曰:"西晋文人……入隐拾秀,神腴而韵远者,清河(指陆云)而已。既不貌取列风,亦不偏资二雅。以风入雅,雅乃不疲;以雅得风,风亦不佻;字里之合有方,而言外之思尤远。"(《古诗评选》)

又陶潜《停云四首》之一:

霭霭停云,濛濛时雨。八表同昏,平路伊阻。静寄东轩,春醪独抚。良朋悠邈,搔首延伫。

王夫之评曰:"入情只一点,而通首皆尔关情。"(《古诗评选》)

又谢灵运《登上戍石鼓山》:

旅人心长久,忧忧自相接。故乡路遥远,川陆不可涉。汩汩莫与娱,发春托登蹑。欢愿既无并,戚虑庶有协。极目睐左阔,回顾眺右狭。日没涧增波,云生岭逾叠。白芷竞新苕,绿蘋齐初叶。摘芳芳靡谖,愉乐乐不燮。佳期缅无像,骋望谁云惬?

王夫之评曰:"言情则于往来动止缥缈有无之中,得灵蠁而执之有象;取景则于击目经心丝分缕合之际,貌固有而言之不欺。而且情不虚情,情皆可景;景非滞景,景总含情。神理流于两间,天地供其一目,大无外而细无垠,落笔之先,匠意之始,有不可知者存焉。岂徒兴会标举如沈约之所云者哉?"《古诗评选》

又王维《鹿柴》:

空山不见人,但闻人语响。返景入深林,复照青苔上。

唐汝询评曰:"'不见人',幽矣;'闻人语',则非寂灭也。景照青苔,冷淡自在。摩诘(指王维)出入渊明,独《辋川》诗作最近。探索其趣,不拟其词。如'结庐在人境,而无车马喧',喧中之幽也;'空山不见人,但闻人语响',幽中之喧也。如此变化,方入三昧法门。"《唐诗选》

再看苏轼《水调歌头》:

明月几时有?把酒问青天。不知天上宫阙,今夕是何年。我欲乘风归去,又恐琼楼玉宇,高处不胜寒。起舞弄清影,何似在人间! 转朱阁,低绮户,照无眠。不应有恨,何事长向别时圆? 人有悲欢离合,月有阴晴圆缺,此事古难全。但愿人长久,千里共婵娟。

胡仔在《苕溪渔隐丛话》中说:"中秋词自东坡《水调歌头》一出,余词尽废。"此词之妙,在于韵味无穷。正如苏轼在《答谢民师书》中所自道:"求物之妙,如系风捕影。"在《书黄子思诗集后》中推崇汉诗当如书画,"妙在笔墨之外",赞同司空图"咸酸之外"的见解。

韵味,一直是汉诗赖以代代相传,并让全世界为之倾倒的华夏文化的精华。一旦丧失了韵味,汉诗就徒存语言形式了。

汉诗的趣味

　　好饮者有三杯酒下肚，即谈兴大盛。好诗者吟诵一首屈原或李白，即精神大振。何也？前者酒精起作用，后者诗趣起作用。

　　"关关雎鸠，在河之洲。窈窕淑女，君子好逑"能一下子引起年轻人的兴趣；"向晚意不适，驱车登古原。夕阳无限好，只是近黄昏"能一下子引起老年人的兴趣。

　　生活中不能没有诗，尤其是趣味盎然的好诗。

　　中国是诗的国度，中华民族是在诗的哺育下成长壮大的。

在中国诗歌史上，有许许多多优秀的古诗，不仅意象秀美，意境高雅，而且趣味横溢。

试看例一，《诗经·召南·野有死麕》：

> 野有死麕，白茅包之。有女怀春，吉士诱之。
> 林有朴樕，野有死鹿。白茅纯束，有女如玉。
> 舒而脱脱兮！无感我帨兮！无使尨也吠！

此诗描写一对恋人幽会，细致入微，连女方"不要解我的佩巾，不要让狗叫起来"这类悄悄话都写出来，真叫人喷饭。孔夫子删诗的传说可靠的话，把这首诗收入《诗经》，也可见他老人家是一位十分可爱的长者。爱情是文学的永恒主题，汉诗也离不开爱情。

例二，《楚辞·九歌·河伯》：

> 与女游兮九河，冲风起兮水扬波。乘水车兮荷盖，驾两龙兮骖螭。登昆仑兮四望，心飞扬兮浩荡。日将暮兮怅忘归，惟极浦兮寤怀。鱼鳞屋兮龙堂，紫贝阙兮朱宫。灵何为兮水中？乘白鼋兮逐文鱼。与女游兮河之渚，流澌纷兮将来下。子

交手兮东行,送美人兮南浦。波滔滔兮来迎,鱼鳞鳞兮媵予。

这是祭祀黄河之神河伯的祭歌,与后代祭辞截然不同。在我们的想象中,河伯没有八千岁,也有八百岁。可在屈原笔下,他才开始谈恋爱呢! 其所追求的美女,据郭沫若先生的《屈原赋今译》知道,是洛水女神。你看河伯手牵着洛神,多高兴,多浪漫! 一下子,我们也感到人间是这样幸福、美满。

例三,卓文君《白头吟》:

皑如山上雪,皎若云间月。闻君有两意,故来相决绝。今日斗酒会,明旦沟水头。躞蹀御沟上,沟水东西流。凄凄复凄凄,嫁娶不须啼。愿得一心人,白首不相离。竹竿何袅袅,鱼尾何簁簁! 男儿重意气,何用钱刀为?

司马相如琴挑卓文君的故事,读者应当不陌生。这首诗据说是司马相如后来变心,要娶小老婆,卓文君写给司马相如的。诗中用了有趣的比喻讽刺司马相如,亦雅亦荡,成了乐府绝唱。

例四,鲍照《拟行路难九首》之六:

> 愁思忽而至,跨马出北门。举头四顾望,但见松柏园。荆棘郁蹲蹲,中有一鸟名杜鹃,言是古时望帝魂。声音哀苦鸣不息,羽毛憔悴似人髡。飞走树间啄虫蚁,岂忆往日天子尊? 念此死生变化非常理,中心恻怆不能言。

诗中用风趣的比喻诉说乱世道德败坏、忠孝仁义扫地的现状,使人欲笑不能,欲哭不得。这种诗趣能收到警世的作用。

例五,王绩《过酒家》:

> 此日长昏饮,非关养性灵。眼看人尽醉,何忍独为醒?

全诗语言诙谐,意象凄美,用以讽刺隋末是非颠倒的黑暗。这种诗趣能起到愤世嫉俗、明辨是非的作用。

例六,李白《秋浦歌》:

白发三千丈,缘愁似个长。不知明镜里,何处得秋霜?

诗用夸张、比喻的修辞抒写怀才不遇的苦闷,亦庄亦谐,情趣无限。

例七,林逋《长相思》:

吴山青,越山青,两岸青山相送迎。谁知离别情? 君泪盈,妾泪盈,罗带同心结未成。江头潮已平。

表面写景,实际写情,情景交融,相映成趣,令人同悲亦同愤。

例八,睢景臣《〔般涉调〕哨遍·高祖还乡》:

社长排门告示,但有的差使无推故。这差使不寻俗:一壁厢纳草除根,一边又要差夫,索应付。又言是车驾,都说是銮舆,今日还乡故。王乡老执定瓦台盘,赵忙郎抱着酒葫芦。新刷来的头巾,恰糨来的绸衫,畅好是妆么大户。

〔耍孩儿〕瞎王留引定火乔男女，胡踢蹬吹笛擂鼓。见一彪人马到庄门。匹头里几面旗舒。一面旗白胡阑套住个迎霜兔，一面旗红曲连打着个毕月乌。一面旗鸡学舞，一面旗狗生双翅，一面旗蛇缠葫芦。

〔五煞〕红漆了叉，银铮了斧，甜瓜苦瓜黄金镀。明晃晃马蹬枪尖上挑，白雪雪鹅毛扇上铺。这几个乔人物，拿着些不曾见的器仗，穿着些大作怪衣服。

〔四煞〕辕条上都是马，套顶上不见驴。黄罗伞柄天生曲，车前八个天曹判，车后若干递送夫。更几个多娇女，一般穿着，一样妆梳。

〔三煞〕那大汉下的车，众人施礼数，那大汉觑得人如无物。众乡老展脚舒腰拜，那大汉挪身着手扶。猛可里抬头觑，觑多时认得，险气破我胸脯。

〔二煞〕你身须姓刘，你妻须姓吕，把你两家儿根脚从头数。你本身做亭长耽几盏酒，你丈人教村学读几卷书。曾在俺庄东住，也曾与我喂牛切草，拽坝扶锄。

〔一煞〕春采了桑,冬借了俺粟,零支了米麦无重数。换田契强秤了麻三秤,还酒债偷量了豆几斛。有甚胡突处?明标着册历,见放着文书。

〔尾声〕少我的钱差发内旋拨还,欠我的粟税粮中私准除。只道刘三谁肯把你揪捽住,白甚么改了姓更了名唤做汉高祖!

这组元曲借汉高祖刘邦衣锦还乡的事实,把不事生产而到处借债、拐骗的流氓面目,揭露得一丝不留,好不令人解颐!汉诗的趣味,发挥得淋漓尽致。

汉诗之所以为全世界人民所倾倒,趣味是一个重要因素。不可想象,一旦丧失了趣味,还有多少人会来热爱汉诗。因此,我们必须研究如何创造汉诗的趣味。

据前人研究知道,汉诗的趣味决定于诗人的胸襟,决定于诗人的智慧,决定于诗人的语言风格。我们认为还有两个因素必不可少。一是决定于社会的清明与思想解放。在极左思想主宰意识形态的情况之下,是非颠倒,黑白混淆,十亿人一张脸,无趣得很,哪容许"小资产阶级情调"的"趣味"?所以,说是作诗,其实是写政治口号、打快板、造格律溜。作者尚且没有兴趣,读者哪有趣味可言？今逢太平盛世,党中央一再强调解放思想,诗界也应与时俱进,勇敢讽刺腐败等不良现象,歌颂诸如"三农"政策落实后的新气象,写出现实生活的趣味来。二是必须继承汉诗的艺术传统——创造审美意象,让审美意象再现我们现实生活的种种情趣。从庄子、王弼、刘勰、王昌龄、司空图、严羽、姜夔、王廷相、王夫之到王国维、宗白华、朱光潜等,许多哲学家、美学家、诗论家,都一致强调,只有创造审美意象,才有情趣可言。

汉诗的意境

意境为何物？意境不是物，意境是一种艺术境界，一种思想感悟。且看：

例一，梁简文帝《春江曲》：

客行只念路，相争渡京口。谁知堤上人，拭泪空摇手。

例二，戴叔伦《三闾庙》：

沅湘流不尽，屈子怨何深？日暮秋风起，萧萧枫树林。

例三，贾岛《寻隐者不遇》：

> 松下问童子，言师采药去。只在此山中，云深
> 不知处。

例一描写世事纷扰，别情最真，使人感悟必须珍惜
人情，莫事无谓之争。例二描写屈子遗恨之深，使人感
悟社会黑暗，忠良之志难伸。例三描写隐居之乐，使人
感悟返璞归真之可贵。

这些意境分别体现了道家、儒家、佛家思想，在当
时都属于"道"。道是宇宙万物的本体和生命，对世间
具体事物的观照，莫不落到对道的观照上。而道是
"无"与"有"、"虚"与"实"的统一体。汉诗中的"意"与
"境"，当然逃不出道的范畴。《庄子·外篇·天地》中
有个寓言，说的是黄帝遗失玄珠，谁都找不到，最后靠
象罔找到。"象罔"就是象征无形与有形、虚与实相结
合的"道"。汉诗的意境之说，就是源于老子与庄子有
关道的学说。

最早运用"意境"这种美学理念来说明汉诗创作的是被誉为"七绝圣手""诗家夫子"的王昌龄。他在《诗格》中说,"诗有三境":一曰物境,"了然物境,故得形似",主要指山水等自然物态的描绘;二曰情境,"张于意而处于身,然后驰思,深得其境",主要指汉诗艺术之象表现作者亲身体验的真实感情;三曰意境,"亦张于意而思之于心,则得其真矣",主要指汉诗意境所表现的内心感受、体会、认识,寓有反映客观现实的意蕴。王昌龄强调"意须出万人之境";"夫置意作诗,即须凝心,目击其物,便以心击之,深穿其境","夫作文章,……思若不来,即须放情却宽之,令境生。然后以境照之,思则便来,来即作文";要求"境与意相兼始好"。王昌龄的七言创作,就是这种理论的具体实践。如《芙蓉楼送辛渐二首》:

寒雨连江夜入吴,平明送客楚山孤。洛阳亲友如相问,一片冰心在玉壶。

丹阳城南秋海阴,丹阳城北楚云深。高楼送客不能醉,寂寂寒江明月心。

从所创造的意象与意境来看,完全印证了作者的创作体会。

刘禹锡在《董氏武陵集记》中说:"诗者,其文章之蕴耶! 义得而言丧,故微而难能;境生于象外,故精而寡和。"(《唐诗纪事》卷三十九)

所谓"境生于象外",盖指意境是对在时间上和空间上有限的"象"的突破,也是象与象外虚空的统一,即上述庄子笔下"象罔"的对应物。只有这种"精而寡和"的"象外之象",才能体现作为宇宙的本体和生命的"道"。刘禹锡的作品也是这种理论的最好明证,如《金陵五题》之一、二:

山围故国周遭在,潮打空城寂寞回。淮水东边旧时月,夜深还过女墙来。

朱雀桥边野草花,乌衣巷口夕阳斜。旧时王谢堂前燕,飞入寻常百姓家。

二诗所表现的意境,完全突破所描绘的"象",给人以无限的思索,使人增添了世易时移的沧桑感。

意境的特点,是取之象外,从而引发一种带有哲学意味的人生感、历史感或宇宙感。因此,意境与意象是两码子事,不可混为一谈。它们至少有三点不同:其一,意象是情景结合体,即把作者性情渗透到有形的自然景物或无形的艺术景象之中,令人可见可闻,成为诗的细胞;而意境即是众多意象的有机结合,又是意象的艺术升华,是一种无形的"道"。其二,意象基于真实——包括想象中的"真实",而意境则是对真实的感悟,属于形而上的东西。其三,意象入于目入于耳,令人可触可闻,而意境只能可兴可思,甚至只能感受,而难以言传。试看以下例子:

例一,李白《上皇西巡南京歌》之一:

> 谁道君王行路难,六龙西幸万人欢。地转锦江成渭水,天回玉垒作长安。

诗由众多意象构成,一旦有机组合成一首诗,表现出来的意境就突破了众多美好意象的界限,不再机械地停留在"欢"的层面上,而是产生了质的变化,令人感到玄宗的亡国之耻,而非意象"万人欢"等所预示的歌颂。

王昌龄《春宫曲》：

> 昨夜风开露井桃，未央前殿月轮高。平阳歌舞新承宠，帘外春寒赐锦袍。

诗写皇宫春夜之乐，众多意象也都是令人愉悦的，但一经有机的组合，产生的意境就两样了。明代诗论家唐汝洵评解曰："此为失宠者欣（歆）羡得宠者之辞。"（《唐诗解》）意即以正面之辞表现失宠者的悲哀，并非真的为得宠者唱赞歌。

岑参《送崔子还京》：

> 匹马西从天外归，扬鞭只共鸟争飞。送君九月交河北，雪里题诗泪满衣。

唐汝洵评曰："此欣（歆）羡归人，自伤淹滞也。"（《唐诗解》）要不是末句意象的提示，还以为是一首送人的欢快之作呢！

可见，众多意象一经有机组合，其所表现的意境往往发生质的变化。此中大致有三种情况值得注意。

其一,意境基本顺着众多意象的共同本意走向,如常建《塞下曲二首》:

> 玉帛朝回望帝乡,乌孙归去不称王。天涯静处无征战,兵气销为日月光。

> 北海阴风动地来,明君祠上望龙堆。骷髅皆是长城卒,日暮沙场飞作灰。

诗写边塞和平景象,而谴责战争,意境与意象和谐。这种情况在汉诗中比较普遍,所以后人往往以偏概全,误以为意境与意象是一样的。

其二,意境反着众多意象的本意走向,如李白《清平调三首》:

> 云想衣裳花想容,春风拂槛露华浓。若非群玉山头见,会向瑶台月下逢。

> 一枝红艳露凝香,云雨巫山枉断肠。借问汉宫谁得似,可怜飞燕倚新妆。

名花倾国两相欢,常得君王带笑看。解释春风无限恨,沉香亭北倚阑干。

三首诗的所有意象,都是描写杨贵妃的美貌与唐玄宗的喜悦,但谁承想表面是赞歌,实质却是"讥讽之意隐然"(唐汝洵评语)。令人感悟唐玄宗的亡国,其来有自。李白的最后辞官流亡,也证明了这三首诗的真实用意。

其三,意境并非完全就是众多意象的本意综合,如王昌龄《青楼曲二首》之一:

白马金鞍从武皇,旌旗十万宿长杨。楼头小妇鸣筝坐,遥见飞尘入建章。

诗刺玄宗娟乐之盛。但从多数意象上看,似乎表现皇帝巡边或游猎之盛,至末二句,始明示主旨。如此意境,非反复涵咏,则易为前二句之意象所迷惑。

又如其《闺怨》:

闺中少妇不知愁,春日凝妆上翠楼。忽见陌头杨柳色,悔教夫婿觅封侯。

这实际是一首描写征夫之妇怨战的诗。一半意象是美好的,"忽见"之后始剧变,产生的意境完全突破了美好的界限,变成悲凉。这就是艺术升华的结果。

对于任何一首诗来说,意象创造是最基本的艺术手段,而意境创造才是最终目的。因此,如何使意象创造为意境创造服务,是诗人的重要任务。古人为我们提供了许多成功经验。

第一,意象的创造必须服从意境的需要,如张继《枫桥夜泊》:

> 月落乌啼霜满天,江枫渔火对愁眠。姑苏城外寒山寺,夜半钟声到客船。

为了表现羁旅游子的淡淡哀愁,作者创造了"月落""乌啼""霜满天"等一串令人容易生愁的意象,其内涵与意境完全一致。这是构思过程中的有意作为,并非天上掉下个林妹妹。即使是李白《清平调》那样的作品,也必须从现实生活中寻找题材,才使表现的意境有说服力。意可突破现实,象则不能不真实,反映现实。

　　第二,意象的最佳状态是灵动的,积极配合意境创造,如王之涣《凉州词》:

　　　　黄河远上白云间,一片孤城万仞山。羌笛何须怨杨柳,春风不度玉门关。

　　诗至第三句,意象忽然灵动起来,使全诗境界全出。如此,意境就豁然开朗,不再令人猜想。这种积极配合,是创造意象的责任。

　　第三,意象之间必须保持紧密的逻辑联系,如王昌龄《从军行》之二:

　　　　琵琶起舞换新声,总是关山离别情。撩乱边愁听不尽,高高秋月照长城。

　　贯穿全诗意象的似乎有一条线,名曰"边愁"。从"琵琶——起舞——换新声",到"高高秋月——照长城",始终围绕着"边愁"转。因此,所有意象都在诉说"边愁"——意境所在。这就是艺术升华,形而上的升华。

这是对意境与意象之间关系的初步分析,有许多微妙关系尚待深究。

意境虽不是物,但也不是虚无的东西。其作为一种艺术境界,一种思想感悟,毕竟是可以言传的。清代美学家、诗论家王夫之在《古诗评选》《唐诗评选》《明诗评选》中揭示了许多汉诗的意境,令人信服,可参。

汉诗的特色之一：称文小，其指大

司马迁评屈原的《离骚》说："其称文小而其指极大，举类迩而见义远。"（《史记·屈原列传》）意思是，从文字上看，《离骚》涉及的不过是寻常事物，然而体现的旨趣极大；列举的不过是眼前事，然而表达的意境深远。

从此，汉诗的发展便深受《离骚》影响：称文小，其指大。

且看项羽《垓下歌》：

力拔山兮气盖世，时不利兮骓不逝。骓不逝兮可奈何？虞兮虞兮奈若何？

楚汉之争令项羽放心不下的，肯定有许多大事，可为什么偏偏挂念乌骓马与虞姬呢？须知这是在作歌，而非写临终遗嘱。因为项羽平生最爱乌骓马与虞姬，通过对此一物一人抒发依依不舍之情，最能反映作为失败者的项羽的性格特点，何况作者未必真是项羽，大有可能就是司马迁。而通晓《离骚》艺术的司马迁，写起这样一首楚歌，才能绰绰有余。

汉武帝《秋风辞》：

秋风起兮白云飞，草木黄落兮雁南归。兰有秀兮菊有芳，怀佳人兮不能忘。泛楼船兮济汾河，横中流兮扬素波。箫鼓鸣兮发棹歌，欢乐极兮哀情多。少壮几时兮奈老何！

平生杀人无数的一代"圣主"，竟对秋风抒发哀怨之情。这是历史讽刺，也符合其追求长生不老之术的脆弱感情。这首诗把汉武帝的复杂思想真实地揭示了出来。不管其真是汉武帝所作，还是他人假托之作，都收到以小见大的效果。

曹操《碣石篇》之四：

神龟虽寿，犹有竟时；腾蛇乘雾，终为土灰。老骥伏枥，志在千里；烈士暮年，壮心不已。盈缩之期，不但在天；养怡之福，可得永年。幸甚至哉，歌以咏志。

诗从龟、蛇等细物入手，抒发了自己暮年的雄心壮志。

曹丕《善哉行》之一：

上山采薇，薄暮苦饥。溪谷多风，霜露沾衣。

（一解）野雉群雊，猿猴相追。还望故乡，郁何垒垒！

（二解）高山有崖，林木有枝。忧来无方，人莫之知。

（三解）人生如寄，多忧何为？今我不乐，岁月如驰。

（四解）汤汤川流，中有行舟。随波转薄，有似客游。

（五解）策我良马，被我轻裘。载驰载驱，聊以忘忧。

诗以"采薇"等琐事带出行乐忘忧的人生哲理。王夫之评曰："微风远韵，映带人心于哀乐，非子桓其孰得哉！但此已空千古。"（《古诗评选》）称赞的就是见微知著的功夫。

陶潜《归园田居》之二：

> 种豆南山下，草盛豆苗稀。晨兴理荒秽，带月荷锄归。道狭草木长，夕露沾我衣。衣沾不足惜，但使愿无违。

全诗意伏象外，从锄豆苗理荒秽，想到自己更大的愿望。这种高尚情怀，全寄托于对普通劳动的描写之中。

谢灵运《富春渚》：

> 宵济鱼浦潭，旦及富春郭。定山缅云雾，赤亭无淹薄。溯流触惊急，临圻阻参错。亮乏伯昏分，险过吕梁壑。洊至宜便习，兼山贵止托。平生协幽期，沦踬困微弱。久露干禄请，始果远游诺。宿心渐申写，万事俱零落。怀抱既昭旷，外物徒龙蠖。

山水诗而寄托了"万事俱零落"的情怀，谢灵运应是第一人。后世仿效者纷至沓来，说明这种艺术有很强的生命力。

诗到唐代，这种艺术传统得到进一步发扬。

例如骆宾王《易水送别》：

> 此地别燕丹，壮士发冲冠。昔时人已没，今日水犹寒。

崔鲁《三月晦日送客》(一作雍裕之诗)：

> 野酌乱无巡，送君兼送春。明年春色至，莫作未归人。

明代诗论家唐汝询评曰："闲处探索，方有想头。"(《唐诗解》)

李白《横江词》其中一首：

> 月晕天风雾不开，海鲸东蹙百川回。惊波一起三山动，公无渡河归去来。

唐汝询评曰："晕雾，譬君之蔽壅；海鲸，喻臣之跋扈;河山动摇,乾坤板荡,岂贤者仕进之时也?"《唐诗解》诗未必有此深意,但讽喻世道之黑暗,却是真实的。

王昌龄《从军行》之一:

烽火城西百尺楼,黄昏独坐海风秋。更吹羌笛关山月,无那金闺万里愁。

由普遍景物勾出征妇思夫的反战情怀,其思虑不可谓不远。

王绩《野望》:

东皋薄暮望,徙倚欲何依。树树皆秋色,山山唯落晖。牧人驱犊返,猎马带禽归。相顾无相识,长歌怀采薇。

唐汝询评曰:"此因野望而感隋之将亡,因以言志也……亡国之悲见于言外,惟以'采薇'稍露本旨。"

李白《宫中行乐词》之二:

绣户香风暖,纱窗曙色新。宫花争笑日,池草暗生春。绿树闻歌鸟，青楼见舞人。昭阳桃李月，罗绮自相亲。

诗写宫廷歌舞升平气象，讽刺的是唐明皇倦政而腐败的现象。

杜甫《蜀相》：

丞相祠堂何处寻，锦官城外柏森森。映阶碧草自春色，隔叶黄鹂空好音。三顾频烦天下计，两朝开济老臣心。出师未捷身先死，长使英雄泪满襟。

诗之颔联，用意至深。表面看是写景，实际是借景抒情：既感慨蜀相祠堂之荒凉，而美好春色仍在；又感慨蜀相事业后继无人，致使黄鹂"空好音"。这是作者有感于安史之乱后的国家形势而发，足可引人深思。

又其《野老》：

野老篱边江岸回，柴门不正逐江开。渔人网集澄潭下，贾客船随返照来。长路关心悲剑阁，片云何意傍琴台。王师未报收东郡,城阙秋生画角哀。

此亦从寻常景色入手,由一己而思及国事,以忧国思乡作结。

当然,汉诗亦有从正面大事入手者,如《楚辞》中之《国殇》。这种作品不多,成功的更少。因为缺了景物描写的渲染与烘托,抒情少了曲折之美,很难写得好。

值得我们注意的是,为什么大多数汉诗走的是《离骚》这种"称文小而其指极大"的思路。恐怕有几个问题值得探讨。

其一,抒情必须有普通事物作依傍。

汉诗至少从《诗经》开始,就形成一条艺术规则:情中有景,景中有情。情景结合是审美意象的一大来源,是汉诗创作的基本因素。因此,《离骚》中的美人、神灵、蕙兰、萧艾、鸩等成了抒情道具。后代李白、杜甫等人亦然,作品中几乎离不开风花雪月。风花雪月何辜?不过借以抒情而已。如果把它们打成"封建主义"的东西,"扫入历史垃圾堆",就很难有好诗了。屈原赋《离骚》的这种艺术手段,已经作为优良传统为全世界所公认，抛弃这种传统，恐怕再也没有汉诗可言。

其二，中国人喜欢利用普通事物的"比德"来抒情。

自从孔子发表了"知者乐水，仁者乐山。知者动，仁者静；知者乐，仁者寿"（《论语·雍也》），在中国人的哲学与美学里，便有了"比德"的观念。屈原在《离骚》中云："昔三后之纯粹兮，固众芳之所在；杂申椒与菌桂兮，岂维纫夫蕙茝？"即利用"众芳""申椒""菌桂""蕙茝"喻群贤。而杜甫在《蜀相》一诗中，正是利用"映阶碧草""春色""隔叶黄鹂""好音"等意象的比德来做文章。可以说，不懂得这种哲学与美学的技巧，就不会抒情。

其三，汉诗的抒情往往需要普通景物来烘托。

普通景物描写置于开头往往起到兴的作用，如"孔雀东南飞，五里一徘徊"。但其置于中间或结尾，也能起到兴与烘托的作用，如卓文君《白头吟》中间的"躞蹀御沟上，沟水东西流"，结尾"竹竿何袅袅，鱼尾何簁簁"，即烘托男儿之心不定。又如王昌龄《从军行》之二"高高秋月照长城"，《青楼怨》的"依依残月下帘钩"，即用以烘托愁之满与愁之深。其作用不可小视。

其四，汉诗的意境离不开对普通景物的描写。

汉诗的意境是建立在对普通景物描写的基础上的,如王之涣《登鹳雀楼》。一旦离开普通景物,意境就成了空中楼阁。屈原的《离骚》所表达的爱国主义情操,就是通过对美人、神灵、芳草等反复描写,最后才体现出来。企图用直抒胸臆的表白形式,艺术效果肯定是苍白无力的。

其五,汉诗的韵味往往来自对普通景物的描写。上引每一首诗都可说明这个问题。宋诗开始才丧失了这个传统,变得有意而无味,如《宋诗别裁集》中的好多古诗毫无韵味可言。但宋词、元曲中依然保留《离骚》的这种艺术传统。而今要恢复汉诗韵味,应当回到《离骚》的艺术传统上去。

汉诗的神理与兴会

王夫之好以神理与兴会评论汉诗的艺术。

例如蔡邕《饮马长城窟行》：

> 青青河畔草，绵绵思远道。远道不可思，夙昔梦见之。梦见在我傍，忽觉在他乡。他乡各异县，展转不相见。枯桑知天风，海水知天寒。入门各自媚，谁肯相为言！客从远方来，遗我双鲤鱼。呼儿烹鲤鱼，中有尺素书。长跪读素书，书中竟何如？上言加餐饭，下言长相忆。

王夫之评曰:"神理略从《东山》来,而以《东山》为鹄,关弓向之,则其差千里。此以天遇,非以意中者。熟吟'入门各自媚',一荡或侥幸得之。"(《古诗评选》)

曹操《短歌行》:

> 对酒当歌,人生几何? 譬如朝露,去日苦多。慨当以慷,忧思难忘。何以解忧? 唯有杜康。青青子衿,悠悠我心。但为君故,沉吟至今。呦呦鹿鸣,食野之苹。我有嘉宾,鼓瑟吹笙。明明如月,何时可掇? 忧从中来,不可断绝。越陌度阡,枉用相存。契阔谈宴,心念旧恩。月明星稀,乌鹊南飞。绕树三匝,无枝可栖。山不厌高,水不厌深。周公吐哺,天下归心。

王夫之评曰:"尽古今人废此不得,岂不存乎神理之际哉? ……此篇人人吟得,人人埋没,皆缘摘句索影,谱入孟德心迹。一合全首读之,何尝如此? 捧画上钟馗,嗅他靴鼻,几曾有些汗气? 惭惶,惭惶。"(《古诗评选》)

何逊《学古》:

巩洛上东门，薄暮川流侧。浑浑车马道，行人不相识。日夕栖鸟远，浮云起新色。寸心空延伫，对面何由即？飞轮傥易去，易去因风力。

王夫之评曰："极意学古，正以无意得之，神理、风局无一不具美者。此与'宿昔梦颜色'乃仲言集中一双玉箸，直东晋以后百余年所希有。江文通且让其高，况他人哉？"（《古评评选》）

从所引三首诗可以看出，神理指的是汉诗创作艺术的一种化工之美，与性情、意象的融合有关。且看蔡诗，云其神理略从《东山》来，而《东山》是《诗经·豳风》中一首描写久戍在外的征夫在还乡途中回忆、想象故乡情景的诗篇。回忆、想象的内容富有诗情画意，把征夫的念家之情完全融合在一个又一个鲜美的景象之中，丝毫不见抒情文字，却没有一句不是抒情，完全做到情景交融。蔡诗亦然，从"青青河畔草，绵绵思远道"开始，纯写目中景，心中事，而无刻意抒情，但性情则淋漓尽致。所以王评其"此以天遇，非以意中者"，即谓不是有意模仿《东山》，却收到与《东山》一样的艺术效果，这就是所谓"神理"。

再看曹操《短歌行》。诗写人生感慨,既有酸涩的回忆,又有美好的想象,都把它们编成一个个审美意象,使人如见其形,如闻其声。诗中作者完全不是政治家、军事家,而是一位天真烂漫的赤子,有爱,有恨,有笑,有悲。这种融写景、叙事与抒情为一体的艺术,非神理而何?所以王夫之评曰,读此诗不可"谱入孟德心迹"。

至于何逊的《学古》,确实达到古人神理的艺术境界。如"日夕栖鸟远,浮云起新色",哪里是抒情?然游子之情则溢于目。这种神理的艺术效果,当今已难看到,所以大家连对"神理"这种美学概念也已生疏。

王夫之还在《唐诗评选》中谓李白《谢公亭》一诗"神理、意致、手腕,三绝也";谓杜甫《石壕吏》一诗"片断中留神理,韵脚中见化工";谓其另一首作品《千秋节有感》"杜于排律极为漫烂,使才使气,大损神理"。不难明白,好诗都十分讲究情景、意象的高度融合。他在《夕堂永日绪论内编》中说:"以神理相取,在远近之间。才着手便煞,一放手忽又飘去。如'物在人亡无见期',捉煞了也;如宋人《咏河豚》:'春洲生荻芽,春岸飞杨花。'饶他有理,终是于河豚没交涉。'青青河畔草'与

'绵绵思远道',何以相因依,相含吐？神理凑合时,自然恰得。"说明汉诗中的情与景,即主体与客体必须自然融合,如此意象虽近在目前,而情思则极为深远,这就是"在远近之间"。如果情与景不能自然结合,则会如其所举李颀《题卢五旧居》与梅尧臣《范饶州坐中客语食河豚鱼》所描写的一样,显示意与象相互脱节,而少自然之美。

要达到"神理"的化工境界,窃以为一要心气和平,切勿如杜甫那样"傲放"(见《唐诗纪事》"杜甫"条),其《千秋节有感》一诗"使才使气,大损神理"的原因,就是自视太高。而曹操吟《短歌行》,必不以丞相自居,所以丝毫看不出"一代枭雄"的往日霸气。而时下某些习诗者,动辄以世俗身份自傲,所以诗中常以理训人,毫无"神理"可言。二要珍惜灵感。大凡好诗,都是灵感的产物。"才着手便煞,一放手忽又飘去",说的就是灵感的特征。有情,有景,如果没有灵感相助,只能是勉强凑合,不可能达到"神理"的境界。三要摒弃"以意为主"的宋人观念。诗的本体与生命在审美意象中,吟诗的目的是为读者提供美的享受与感悟。自《诗经》至唐诗、宋词、元曲,无不如此。而宋人作诗归结到"意",则令人索然寡味,丧失了"神理"。后人步宋人之后尘,于是好诗难得一见。王夫之在郭璞《游仙诗》的评语中说:"'以意为主'之说,真腐儒也。"是为确论。

王夫之还以"兴会"评诗。

例如曹丕《大墙上蒿行》:

> 阳春无不长成,草木群类随大风起。零落若何翩翩,中心独立一何茕! 四时舍我驰驱,今我隐约欲何为? ……今日乐不可忘,乐未央。为乐常苦迟,岁月逝,忽若飞。何为自苦,使我心悲。

王夫之评曰:"鲍照、李白领此宗风,遂为乐府狮象。非但兴会遥同,实乃谋篇夙合也。盖势远则意不得杂,气昌则词不待毕,故虽波兴峰立,而尤以纯俭为宗。其与短歌微吟会归,初无二致。"(《古诗评选》)

梁元帝《春别应令二首》:

> 别罢花枝不共攀,别来书信不相关。欲觅行人寄消息,依常潮水暝应还。

三月桃花合面脂，五月新油好煎泽。莫复临时不寄人，漫道江中无估客。

王夫之评曰："元帝二诗，恰与刘梦得《浪淘沙》、白乐天《竹枝》合辙。盖中唐人于此一体，殊胜盛唐；中唐以兴会为主，雅得元音故也。"《古诗评选》

陶潜《读山海经》：

孟夏草木长，绕屋树扶疏。众鸟欣有托，吾亦爱吾庐。既耕亦已种，时还读我书。穷巷隔深辙，颇回故人车。欢言酌春酒，摘我园中蔬。微雨从东来，好风与之俱。泛览周王传，流观山海图。俯仰终宇宙，不乐终何如？

王夫之评曰："'微雨从东来'二句，不但兴会佳绝，安顿尤好，若系之'吾亦爱吾庐'之下，正作两分两搭，局量狭小，虽佳亦不足存。"《古诗评选》

细读上引几首诗，可以明白王夫之所谓兴会，意与神理相近，指的是汉诗创作中的一个美学问题，其意盖与兴趣、兴味相近。兴，即感兴产生的兴象；会，即会合。如曹丕《大墙上蒿行》一诗，会合了许多兴象，从而把要抒发的性情表现出来。犹"波兴峰立"，其旨归一，所以谓其"势远而意不得杂"，"尤以纯俭为宗"。评梁元帝二诗，拿刘禹锡、白居易二诗作比较，连带赞其二诗之"兴会"。诚然，刘禹锡《浪淘沙词》以托兴手法写出念夫之情，白居易《竹枝词》也以托兴写愁，都是只有兴会，而无破题之辞。这种作品令人遐想无穷，而又容易心领神会作者之情怀。再看陶诗，"微雨从东来，好风与之俱"，分明是两个兴象会合，足以说明读《山海经》的愉悦心情，如提前，则不能达此目的。

王夫之论诗十分重视"兴"。他说："'诗言志，歌永言。'非志即为诗，言即为歌也。或可以兴，或不可以兴，其枢机在此。"（《唐诗评选》）把作者能否创造兴象，读者阅读之后是否产生感兴，作为衡量是否可称为诗的标准。又说："能兴即谓之豪杰。兴者，性之生乎气者也。拖沓委顺，当世之然而然，不然而不然，终日劳而不能度越于禄位、田宅、妻子之中，数米计薪，日以挫其志气，仰视天而不知其高，俯视地而不知其厚，虽觉如梦，虽视如盲，虽勤动其四体而心不灵，惟不兴故也。"

《俟解》)这是把汉诗能否激励读者产生"兴",提到社会教育的高度来认识。的确,作诗者不能创造令读者产生联想、遐想的兴,而以议论代替艺术,是不可能收到诗的艺术效果的。所以强调兴会,就在于鼓励作诗者尊重诗的艺术规则,用众多兴象来传情达意,使读者在感兴中感悟人生哲理。这是诗有别于其他文学体裁的艺术特征之一。

因为神理与兴会的艺术特征相近,所以许多优秀的汉诗作品同时具备神理、兴会的优点。例如谢灵运《登上戍石鼓山》:

> 旅人心长久,忧忧自相接。故乡路遥远,川陆不可涉。泪泪莫与娱,发春托登蹑。欢愿既无并,戚虑庶有协。极目睐左阔,回顾眺右狭。日没涧增波,云生岭逾叠。白芷竞新苕,绿蘋齐初叶。摘芳芳靡谖,愉乐乐不燮。佳期缅无像,骋望谁云惬?

王夫之评曰:"言情则于往来动止缥缈有无之中,得灵蠁而执之有象;取景则于击目经心丝分缕合之际,貌固有而言之不欺。而且情不虚情,情皆可景;景非滞景,景总含情。神理流于两间,天地供其一目,大无外而细无垠,落笔之先,匠意之始,有不可知者存焉。岂徒兴会标举如沈约之所云者哉?"《古诗评选》把谢诗的艺术特色"神理"与"兴会"都揭示了出来。

《唐诗评选》中也有许多类似评语,恕不赘引。

汉诗的得意忘象

这是一个哲学命题,也是一个美学命题,在文学史和艺术史上影响很大。其创造者是魏晋时期哲学家王弼,可以溯源到《庄子》。《庄子·外物》:"筌者所以在鱼,得鱼而忘筌;蹄者所以在兔,得兔而忘蹄;言者所以在意,得意而忘言。吾安得夫忘言之人而与之言哉!"这段话的意思是说,"言"的目的是为了表达"意",因此得到"意","言"就可以舍弃了。王弼把《庄子》这个"得意而忘言"的论点做了进一步的发挥。他在《周易略例·明象》中说:"夫象者,出意者也;言者,明象者也。尽意莫若象,尽象莫若言。言出于象,故可寻言以观象;象生于意,故可寻象以观意。意以象尽,象以言著。故言者所以明象,得象而忘言;象者所以存意,得意而忘象……是故存言者,非得象者也;存象者,非得意者也。象生于意而存象焉,则所存者乃非其象也;言生于象而存言焉,则所存乃非其言也。然则忘象者,乃得意者也;忘言者,乃得象者也。得意在忘象,得象在忘言。故立象以尽意,而象可忘也;重画以尽情,而画可忘也。"王弼在这里是以《庄子》注《易传》,实质是借《易传》来发挥《庄子》。

《易传》讲的"意""象""言",本来指卦意、卦象、卦辞。王弼讲意、象、言,已经不限于指卦意、卦象、卦辞,而是从一般认识论的意义上来说,因此对哲学、美学、文学、艺术等方面都产生影响。探究王弼这段话的本意,是说"意"要靠"象"来显现("意以象尽"),"象"要靠"言"来塑造("象以言著")。但是,"言"与"象"本身不是目的,只是手段而已,"言"只是为了塑造"象","象"只是为了表达"意"。因此,为了得到"象",就必须否定"言";为了得到"意",就必须否定"象"。如果"言"不否定自己,那就不是真正的"言";如果"象"不否定自己,那就不是真正的"象"。

这个"得意忘象"的命题，作为一个美学命题，在美学史上的影响是积极的。主要有以下三点：

第一，它在《易传》基础上对"立象以尽意"的命题做了进一步发挥，从一个角度对"意"与"象"的关系进行了更深一层的探讨，这就推动了美学领域中"象"的范畴向"意象"这个范畴转化，意味着人们对艺术主体的认识已不再停留在表象阶段，而是向更深一层发展。这在美学史上是一个很大的进步。

第二，这个"得意忘象"的命题对于后人把握审美观照的特点，提供了启发。这种启发可分为两个方面：一方面，这个命题启发人们认识到，审美观照往往表现为对有限物象的超越。审美观照当然总是对有限的具体物象的观照，但又往往突破具体物象的限制，伸向人生、历史、无限的宇宙。因此，人们从审美观照中获得的美感，总是包含着深层的人生感（如王之涣《登鹳雀楼》诗，令人读后获得的更多的是人生感）、历史感、宇宙感。宗炳的"澄怀观象"（"澄怀观道"）的命题就是对审美观照的这种认识的一种理论表现。另一方面，王弼的这个命题还启发人们认识到，审美观照往往再现为对这个概念的超越。也就是说，人们在审美观照中所获得的美感,所获得的对于人生、历史、宇宙的感悟,往往不能用概念来表达。例如陶渊明的诗句:"采菊东篱下,悠然见南山。山气日夕佳,飞鸟相与还。此中有真意,欲辩已忘言。"(《饮酒》)这就得用"得意忘言"来解释审美观照的特点:在审美观照中当捕捉到某种无意趣的刹那,人们往往摆脱了概念,处于一种"忘言"的境界。

第三,这个"得意忘象"的命题给文学艺术形式美和艺术整体意象之间的辩证关系以很大的启示。在这个命题影响下,古往今来很多文学家和艺术家都认为,艺术的形式美不应该突出自己,而应该否定自己,从而把艺术的整体意象突出地表现出来。例如钟嵘在《诗品序》中曾批评沈约等的声律之说致使"文多拘忌,伤其真美"。诚然,艺术形式美的过分突出,势必损害艺术整体意象的美。又如唐僧皎然在《诗式》中说:"但见情性,不睹文字,盖诗道之极也。"清代贺贻孙在《诗筏》中说:"盛唐人诗有血痕无墨痕,今之学盛唐者有墨痕无血痕。"袁枚在《随园诗话》中说:"忘足,履之适;忘韵,诗之适。"刘熙载在《艺概》中说:"杜诗只'有''无'二字足以评之。'有'者但见性情骨气也,'无'者不见语言文字也。"这些不同时代的诗人和诗论家的话,都说明艺术形式美只有否定自己才能实现自己价值的这个辩证法。诗论家有这种高超认识,小说论家也有同感。如明代叶昼在对《水浒传》第二十四回评点中说:"说淫妇便像个淫妇,说烈汉便像个烈汉……但觉读一过,分明淫妇、烈汉、呆子、马泊六、小猴子光景在眼,不知有所谓语言文字也。何物文人,有此肺肠,有此手眼!若令天地间无此等文字,天地亦寂寞也。"(明容与堂刻一百回本《水浒传》第二十回回末总评)也就是说,读者在读这一回书的时候,完全忘记了语言文字,只看到一系列典型性格,个个逼真,个个传神。叶昼在这里实际是提出了他对艺术形式美和人物性格关系的一种看法:小说中的语言文字不应该突出自己,而应该否定自己,让所刻画的人物性格突现出来。

由此可见,在王弼"得意忘象"的命题影响下,中国古典美学逐渐形成了关于艺术形式美的传统思想。什么才是真正的艺术形式美呢?照中国古典美学的看法,真正的艺术形式美不是突出艺术形式本身的美,而在于通过艺术形式美把艺术意象、艺术典型突现出来。

到了清代末年,王国维对中国古典美学的这个思想又进行了理论表述。

王国维用"古雅"这个概念以标示艺术形式美。他说："优美及宏壮必与古雅合，然后得显其固有之价值。不过，优美及宏壮之原质愈显，则古雅之原质愈蔽。"《静庵文集续编·古雅之在美学上之位置》王国维这段话深刻地揭示了艺术形式美和艺术意象美之间的辩证关系。艺术是创造审美意象的，如果没有艺术的形式美，艺术内容就不可得到表现，当然就不可能有审美意象，不可能有真正的艺术美。也就是说，当艺术的感性形式诸因素把艺术内容恰当地充分地完美地表现出来，从而使欣赏者为整个艺术意象的美所吸引所迷恋所陶醉，而不再分心关注其形式美之本身时，这才充分体现出艺术形式美的价值。在这里，凤凰已经涅槃了，其艳丽的羽毛不再引起人们的注意。所以，艺术形式美只有否定自己，才能体现自己的价值，否定得愈彻底，其价值的体现就愈充分。这其实就是王弼讲的"言""象""意"的关系。王国维的观点和王弼的命题是一脉相通的。

汉诗妙悟与兴象风神

宋代诗论家严羽在总结汉诗创作经验时说:"大抵禅道惟在妙悟,诗道亦在妙悟……惟悟乃为当行,乃为本色。"(《沧浪诗话·诗辩》)

《诗品》引《谢氏家录》:"康乐每对惠连,辄得佳句。后在永嘉西堂,思诗竟日不就,寤寐间忽见惠连,即成'池塘生春草'。故尝云:'此语有神助,非我语也。'"

明代唐汝询评孟浩然《春晓》云:"昔人谓诗如参禅,如此等语,非妙悟不能道。"(《唐诗解》)

清代王夫之评司马彪《杂诗》("百草应节生")云:

"王敬美谓：'诗有妙悟,非关理也。'非谓有理无诗,正不得以名言之理相求耳。"（《古诗评选》）

妙悟可招来"灵气"（西方诗学称"灵感"）相助。《管子·内篇》："灵气在心,一来一逝,其细无内,其大无外。"唐代李德裕也说："文之为物,自然灵气,惚恍而来,不思而至。"（《李文饶文集·文章论》）

诚然,汉诗创作光靠苦思冥想不行,非凭妙悟而进入自由境界,则不能得到神奇的意象。笔者有一首打油诗颇能说明问题,曰："柴米油盐无着落,入门偏为一诗愁。搜尽枯肠唯菜梗,梦中得句胜封侯。""梦中得句"全凭悟,因为诗魂进入梦中,即忘了现实生活一切烦恼,与所思之诗共飞翔。谢灵运所云,一点儿不假。

明代文学家、文学评论家胡应麟在《诗薮》中反复强调,凭诗法进行思维所能达到的仅是格调的层次,而凭悟则能达到兴象风神的境界。上文提到孟浩然的《春晓》一诗,即具备兴象风神。请读其余三首诗（以下引自《唐诗纪事》）：

移舟泊烟渚,日暮客愁新。野旷天低树,江清

月近人。(《建德江宿》)

木落雁南度,北风江上寒。我家江水上,遥隔楚云端。乡泪客中尽,孤帆天际看。迷津欲有问,平海夕漫漫。(《早寒江上有怀》)

八月湖水平,含虚混太清。气蒸云梦泽,波动岳阳城。欲济无舟楫,端居耻圣明。徒怜垂钓叟,空有羡鱼情。(《湖上作》)

三首诗都是触兴而产生的,意象极美,极自然,没有一丝一毫的做作。可以想见,作者陶醉于眼前景物之后,便心驰神骛,进入妙悟,如庄子梦为蝴蝶,使所欲言之言、所欲抒之情、所欲绘之景,完全融汇在一个境界之中,这便是兴象风神。因都是名作,前人今人分析极多,恕不赘引。如此妙悟产生的作品堪称神品,是汉诗创作的成功典范。

在孟浩然之前,可以陶渊明的作品为例说明问题。如《饮酒》其四与其十七:

栖栖失群鸟，日暮犹独飞。徘徊无定止，夜夜声转悲。厉响思清晨，远去何所依？因值孤生松，敛翮遥来归。劲风无荣木，此荫独不衰。托身已得所，千载不相违。

幽兰生前庭，含薰待清风。清风脱然至，见别萧艾中。行行失故路，任道或能通。觉悟当念还，鸟尽废良弓。

王夫之评上首（其四）："如此情至理至气至之作，定为杰作。"评下首（其十七）："说理诗必如此乃不愧作者。"（《古诗评选》）从文字上看，无一句说理；从意象上看，无一句不说理。何以收到如此效果？也与妙悟有关。唯善于妙悟者，方能只见其景、其情而不见其理，否则岂有如此兴象风神？后人不晓诗道如此奥妙，以一句"一国英明行两制"点破主旨，却不顾兴象风神全失，令人味同嚼蜡。

与孟浩然同时，可以李白的诗为例。如《横江词》其五与其六：

横江馆前津吏迎,向余东指海云生。"郎今欲渡缘何事? 如此风波不可行。"

月晕天风雾不开,海鲸东蠡百川回。惊波一起三山动,公无渡河归去来。

唐汝询解释说:"此以横江之险喻仕路之险,故设为津吏劝勉之词。按:天宝三载,白供奉翰林,为妃子、力士所嫉,因求还山。与崔宗之泛江采石,盖亲睹横江之险而赋以为比也。"又说:"此津吏盛陈风波之恶而直劝其归,亦赋而比也。晕雾,譬君之蔽壅。海鲸,喻臣之跋扈。河山动摇,乾坤板荡,岂贤者仕进之时也?"(《唐诗解》)如此一点破,读者不禁为《横江词》拍案叫绝。不难想见,当李白看到横江如此风波险恶,听到津吏如此劝勉之语,被贬谪的感受一下子涌上心头,于是糅情于景于人于事——也许是因情而设,便创造出风神无限的兴象。其中肯定受到灵气相助,才会有如此动人心魄的艺术魅力。李白好多诗都属于此类妙悟的神品,而非"语不惊人死不休"(杜甫语)的结果。其具有飘逸的艺术效果,都因兴象风神在起作用。

在孟浩然之后，可以柳宗元的作品为例。如《渔翁》：

> 渔翁夜傍西岩宿，晓汲清湘然楚竹。烟销日出不见人，欸乃一声山水绿。回看天际下中流，岩上无心云相逐。

再如《雨后晓行独至愚溪北池》：

> 宿云散洲渚，晓日明村坞。高树临清池，风惊夜来雨。予心适无事，偶此成宾主。

上首写渔翁无拘无束的生活，借以抒发自己贬谪之后，淡泊了名利，竟也爱上山水风光，居官如隐，不求上进的性情。这种寄兴毫无痕迹，因而创造的兴象天真浪漫，非常自然。就像《离骚》中的屈原，完全丧失了自我，在诗的艺术境界中自由飞翔。只有这种艺术境界才有无比亲切的感人力量。而下一首尽管出现了"予"，但在客观上，这种"予"也是一道风景线，与其他景物合而为一。否则，必将破坏兴象的完美，也就谈不上风神。所以，兴象风神不允许主观的渲染，只允许非常自然地渗透在兴象之中，仿佛水面的清风，与水气没有多大差别。

在汉诗发展史上，像陶渊明、孟浩然、柳宗元这样凭妙悟而产生兴象风神的诗人还有很多。他们的作品"不用意而物无不亲"《古诗评选》，"可以生无穷之情，而情了无寄"《唐诗评选》，风格自然，感情真挚，意象完美。相反，有些人不在悟上下功夫，却好在文字上、格律上苦思冥想，结果得到的作品往往非"寒"即"瘦"，气质猥琐，令人不欢。

汉诗的形式美

《古诗源》引《吴越春秋》："越王欲谋伐吴,范蠡进善射者陈音。王问曰:'孤闻子善射,道何所生?'对曰:'臣闻弩生于弓,弓生弹,弹起于古之孝子,不忍见父母为禽兽所食,故作弹以守之,歌曰:断竹,续竹,飞土,逐肉。'"

这首《弹歌》,便是我汉民族最古老的诗歌之一。从内容上看,不乏阳刚之美,但形式质朴。随着物质文明的发展,作为精神文明的汉诗,也逐渐趋向典雅。试看《诗经·周南·兔罝》:

肃肃兔罝,椓之丁丁。赳赳武夫,公侯干城。

肃肃兔罝,施于中逵。赳赳武夫,公侯好仇。

肃肃兔罝,施于中林。赳赳武夫,公侯腹心。

同是狩猎之歌,后者不仅内容丰富了,还增加了一唱三叹的形式美。

进入战国时期的楚国,经过屈原等一批文人的努力,形成的楚辞比《诗经》时代的作品更为典雅。例如《九歌·山鬼》:

若有人兮山之阿,被薜荔兮带女萝。既含睇兮又宜笑,子慕予兮善窈窕。乘赤豹兮从文狸,辛夷车兮结桂旗。被石兰兮带杜衡,折芳馨兮遗所思。余处幽篁兮终不见天,路险难兮独后来。表独立兮山之上,云容容兮而在下。杳冥冥兮羌昼晦,东风飘兮神灵雨。留灵修兮憺忘归,岁既晏兮孰华予?采三秀兮于山间,石磊磊兮葛蔓蔓。怨公子兮怅忘归,君思我兮不得闲。山中人兮芳杜若,饮石泉兮荫松柏,君思我兮然疑作。雷填填兮雨冥冥,猨啾啾兮狖夜鸣。风飒飒兮木萧萧,思公子兮徒离忧。

从内容上看,由现实主义思维进入浪漫主义思维,意象更动人了。从形式上看,词汇丰富多了,尤其是"兮"字的巧妙运用,增强了全诗的音乐美。与《兔罝》比较,无疑有了质的飞跃。

到了汉魏,汉诗的地位提高了,由民间进入上层社会,其质量也得到高度重视。魏文帝曹丕就公开提倡"诗赋欲丽"(《典论·论文》),并且身体力行,作了不少优秀诗篇,如《燕歌行》:

秋风萧瑟天气凉,草木摇落露为霜。群燕辞归雁南翔,念君客游思断肠。慊慊思归恋故乡,君何淹留寄他方?贱妾茕茕守空房,忧来思君不敢忘,不觉泪下沾衣裳。援琴鸣弦发清商,短歌微吟不能长。明月皎皎照我床,星汉西流夜未央。牵牛织女遥相望,尔独何辜限河梁?

与《山鬼》相比,此诗在语言形式上有很大进步,特别是开创了七言的形式,更适合抒情与声色描写。王夫之评曰："倾情倾度,倾声倾色,古今无两。"《古诗评选》确不为过。

齐、梁及其前后时期,是汉诗发展的鼎盛时期。一是涌现出谢灵运、陶渊明、鲍照、谢朓等一大批优秀诗人与优秀作品。二是出现一批汉诗理论著作,如钟嵘的《诗品》与刘勰的《文心雕龙》,都是开创性的。还有一位文学家、文学理论批评家沈约,他是声律派的代表人物。他在《宋书·谢灵运传论》一文中提出汉诗的声律主张,认为"妙达此旨,始可言文"。

从总体上来看,这种理论研究对汉诗的发展是有积极意义的。如钟嵘对赋、比、兴三种表达方式的提倡,以及对如何运用这三种方式的方法介绍,对汉诗创造审美意象,促进语言形式为内容服务,就很有启发作用。又如刘勰对汉诗的构思(见《文心雕龙·神思》)、汉诗的隐秀语言的创造(见《隐秀》)等方面,都有细致的分析与详尽的论述,颇有振聋发聩的功效。而沈约等人发明的汉诗声律规则,对开创近体诗,功莫大焉。

然而,令人感到疑惑的是,既然汉诗的形式美得到这么多理论的指引,在实践中日趋完美,为什么齐梁时期的好多诗(并非全部)却萎靡不振?

例如沈约《古意》：

> 挟瑟丛台下，徙倚爱容光。仁立日已暮，戚戚
> 苦人肠。露葵已堪摘，淇水未沾裳。锦衾无独暖，
> 罗衣空自香。明月虽外照，宁知心内伤！

又如江淹《清思》：

> 赵后未至丽，阴妃非美极。情理傥可论，形有
> 焉足识？帝女在河洲，晦映西海侧。阴阳无定光，
> 杂错千万色。终岁如琼草。红华长翕翃。

再如梁简文帝《怨诗》：

> 秋风与白团，本自不相安。新人及故爱，意气
> 岂能宽？黄金肘后铃，白玉案前盘。谁堪空对此，
> 还成无岁寒。

其语言形式之美远远超过《弹歌》，而《弹歌》的内
容之美却消失了，即便连《燕歌行》那样真挚的感情，也

淡薄多了。这究竟是何缘故？

近代学者王国维先生的《古雅之在美学上之位置》一文（见《静庵文集续编》）解开了这个谜。他所谓"古雅"指形式美的升华，即在否定了自己之后，融合到审美意象中所体现的美；在升华之前，形式美不应该有自己的独立地位，否则会起到反作用。明白了这个美学原理，上述疑惑自会烟消云散。

而且还可以理解为何初唐沈佺期、宋之问比起齐梁沈约、庚信更加讲究用词靡丽，回忌声病，约句准篇，如锦绣成文，但其作品的艺术效果却远逊前之陶、谢与后之李、杜。

可见，汉诗的美固然离不开语言形式，但如果忽略本质——包括思想感情与审美意象，而光在用词造句等方面下功夫，往往会吃力不讨好。王夫之在《古诗选评》中给鲍照的《代门有车马客行》下的评语说："鲍有极琢极丽之作，顾琢者伤于滞累，丽者伤于佻薄，晋宋之降为齐梁，亦不得辞其爱书矣。惟此种不琢不丽之篇，特以声情相辉映，而率不入鄙。朴自有韵则天才，固为卓尔，非一往人所望见也。"其给元帝《春别应令二首》所下评语说："王江宁七言小诗非不雄深奇丽，而以原始撲之,终觉霸气逼人,如管仲之治国,过为精密,但此便与王道背驰,况宋襄之烦扰妆腔者乎!"其中两句话最要紧,一是"琢者伤于滞累,丽者伤于佻薄",一是"管仲之治国,过为精密,但此便与王道背驰"。第一句话合乎上文所引齐梁诗情况,琢而至于丽,并非好事,正如古人所云"混沌凿而亡"。汉诗出身《弹歌》之类钝朴家世,适当增加其形式美有必要,若粉饰过了头,则如东施效颦,人反厌恶之。所以,自古有眼光的诗论家、美学家都欣赏陶渊明的澹泊诗风。第二句话也合乎上文所引齐梁诗的弊病,在语言形式上太过精密了,反而破坏了诗的审美意象,这叫作喧宾夺主。细看即知,三首诗的意象都不如语言形式完美。正如王国维先生所说,缺的是古雅。

宋、元、明、清的好多诗,语言形式并不比唐诗逊色多少,可总体给人的印象则如青楼女子,油头粉面,娇艳有余,庄重不足,情形与上述齐梁之于晋宋差不多。

此足为时下某些不敢讽刺官场腐败与社会风气堕落,不敢歌颂勇于解放思想、参与改革的新时代先行者,却把主要精力放在平仄等格律上,整日摇头晃脑,如老学究者之戒。须知,新时代在呼唤新的汉诗。

汉诗的图画美与音乐美

经过几千年的锤炼，汉诗已不是一般文字的组合，而是富有图画美与音乐美的综合艺术。

且看《诗经·周南·关雎》：

关关雎鸠，在河之洲。窈窕淑女，君子好逑。参差荇菜，左右流之。窈窕淑女，寤寐求之。求之不得，寤寐思服。悠哉悠哉，辗转反侧。参差荇菜，左右采之。窈窕淑女，琴瑟友之。参差荇菜，左右芼之。窈窕淑女，钟鼓乐之。

从诗的字里行间,我们不仅看到小河两岸的自然风光,窈窕淑女的劳动舞姿,还听到君子追求窈窕淑女的甜蜜歌声。

再看《楚辞·九歌·湘夫人》:

帝子降兮北渚,目眇眇兮愁予。嫋嫋兮秋风,洞庭波兮木叶下。登白薠兮骋望,与佳期兮夕张。鸟何萃兮蘋中,罾何为兮木上?沅有茝兮澧有兰,思公子兮未敢言。荒忽兮远望,观流水兮潺湲。麋何食兮庭中?蛟何为兮水裔?朝驰余马兮江皋,夕济兮西澨。闻佳人兮召予,将腾驾兮偕逝。筑室兮水中,葺之兮荷盖。荪壁兮紫坛,播芳椒兮成堂。桂栋兮兰橑,辛夷楣兮药房。罔薜荔兮为帷,擗蕙櫋兮既张。白玉兮为镇,疏石兰兮为芳。芷葺兮荷屋,缭之兮杜衡。合百草兮实庭,建芳馨兮庑门。九嶷缤兮并迎,灵之来兮如云。捐余袂兮江中,遗余褋兮澧浦。搴汀洲兮杜若,将以遗兮远者。时不可兮骤得,聊逍遥兮容与。

诗由巫扮男神湘君独唱,音节铿锵,韵味悠长,真可把人带入神话境界。在歌词里,湘君思念湘夫人,望而不见,遇而无因的郁忧心情,全寄托在如"洞庭波兮木叶下"等一幅又一幅凄美的图画里,寄托在如"捐余袂兮江中"等一个又一个令人心碎的舞姿中。再加上"兮"字的巧妙运用,全诗宛然一支情歌,袅袅而不绝,萦回在读者的脑际。汉诗到了屈原手里,其"二美"的艺术成就简直登峰造极。

还有《相和曲·陌上桑》:

日出东南隅,照我秦氏楼。秦氏有好女,自名为罗敷。罗敷喜蚕桑,采桑城南隅。青丝为笼系,桂枝为笼钩。头上倭堕髻,耳中明月珠。缃绮为下裙,紫绮为上襦。行者见罗敷,下担捋髭须。少年见罗敷,脱帽著帩头。耕者忘其犁,锄者忘其锄。来归相怨怒,但坐观罗敷。

使君从南来,五马立踟蹰。使君遣吏往,问是谁家姝。"秦氏有好女,自名为罗敷。""罗敷年几何?""二十尚不足,十五颇有余。"使君谢罗敷:"宁可共载不?"罗敷前置辞:"使君一何愚!使君自有妇,罗敷自有夫。"

"东方千余骑,夫婿居上头。何用识夫婿?白马从骊驹;青丝系马尾,黄金络马头;腰中鹿卢剑,可直千万余。十五府小吏,二十朝大夫,三十侍中郎,四十专城居。为人洁白皙,鬑鬑颇有须。盈盈公府步,冉冉府中趋。坐中数千人,皆言夫婿殊。"

这是一曲采桑舞,舞中歌声嘹亮,音律婉转,所用歌词十分形象,塑造了一位漂亮、勤劳又聪明可爱的采桑女,其一举一动,一言一颦,都是美丽的图画,所以流传近两千年而不衰。

汉诗到了这种境界,怎不叫人叹绝!

为了揭示汉诗的"二美"奥秘,下文分两方面进行分析。

一　图画美

汉诗的图画美,到了梁代刘勰,才从理论上加以点破。他在《文心雕龙·神思》中说:"……独照之匠,窥意象而运斤,此盖驭文之首术,谋篇之大端。"意象,即指诗人之情意与自然景物、艺术景象相结合的产物。它是汉诗的基本因素,一切思维围绕"意象"而展开。

只有以"意象"为基础,才有可能创造出诗的意境,使读者真切领会诗人的情意。

后人在刘勰这种理念影响下,在汉诗中展现出无数美丽的画卷。例如徐陵《春日》:

岸烟起暮色,岸水带斜晖。径狭横枝度,帘摇惊燕飞。落花承步履,流涧写行衣。何殊九枝盖,薄暮洞庭归?

以及王维《渭川田家》:

斜光照墟落,穷巷牛羊归。野老念牧童,倚杖候荆扉。雉雊麦苗秀,蚕眠桑叶稀。田夫荷锄至,相见语依依。即此羡闲逸,怅然吟式微。

还有王驾《社日》:

鹅湖山下稻粱肥,豚栅鸡坜对掩扉。桑柘影斜春社散,家家扶得醉人归。

三首诗即三幅画。徐陵《春日》画出洞庭湖畔春日风光，王维《渭川田家》画出渭川一个村落的黄昏景色，王驾《社日》画出鹅湖山下春社消散的情景。苏轼在《书摩诘蓝田烟雨图》的题跋中说："味摩诘之诗，诗中有画；观摩诘之画，画中有诗。"其实凡是优秀汉诗，皆如王维诗作，无不以意象为色彩，画出优美的自然风光。只是到了宋诗，许多人背离以创造意象美为诗之主体的艺术规则，走向了空洞说教。

汉诗的图画美除了重视创造审美意象，还必须讲究意象的有机组合，使之升华，为创造意境服务。

例如张继《枫桥夜泊》：

> 月落乌啼霜满天，江枫渔火对愁眠。姑苏城外寒山寺，夜半钟声到客船。

诗中十个意象的排列不是杂乱无序的，而是围绕着中心——抒写游子羁旅之愁——而展开的。前一联是一层，静态描写；后一联是另一层，动态描写。二者有机组合，令人感到景是淡淡的，愁也是淡淡的。

又如王翰《凉州词》：

葡萄美酒夜光杯,欲饮琵琶马上催。醉卧沙场君莫笑,古来征战几人回?

为了表示反战的主题,后二句的意象组合既合乎自然,亦有人为夸张的因素:此地饮酒,何以"醉卧沙场"?其实到不了沙场即已醉倒。如此安排,全是出于突出主题的需要。

再如崔颢《黄鹤楼》:

昔人已乘黄鹤去,此地空余黄鹤楼。黄鹤一去不复返,白云千载空悠悠。晴川历历汉阳树,芳草萋萋鹦鹉洲。日暮乡关何处是?烟波江上使人愁。

为了更好地表现全诗离愁的意境,作者竟牺牲颔联的格律形式,使意象组合更加富有诗情画意。而后人往往不理解意象必须为意境服务的道理,在此联上吹毛求疵。

作画必须讲求整体意识,作诗亦然。如光有意象,而忽视意境,则会胡乱涂鸦。附带说明,意象是情景结合体，是汉诗的基本因素，犹如分子，而意境是形而上的东西，是众多意象的结合，是意象的升华，是作者传情达意的目的所在，二者不可混为一谈。王国维等前贤往往误而为一，不可取。

二　音乐美

汉诗的音乐美，主要表现在文字的声调变化与音节的变化上。

例如《平调曲·长歌行》：

> 青青园中葵，朝露待日晞。阳春布德泽，万物生光辉。常恐秋节至，焜黄华叶衰。百川东到海，何日复西归？少壮不努力，老大徒伤悲。

全诗声调由缓变急，由扬变抑，是服从内容需要的，因为作者意在警人。所以王夫之评曰："欲以警人，故音亦危迫。"（《古诗评选》）

又如《瑟调曲·西门行》：

> 出西门，步念之：今日不作乐，当待何时？（一

解)夫为乐,为乐当及时;何能坐愁怫郁,当复待来
兹?(二解)饮醇酒,炙肥牛,请呼心所欢,可用解愁
忧。(三解)人生不满百,常怀千岁忧。昼短而夜长,
何不秉烛游?(四解)自非仙人王子乔,计会寿命难
与期;自非仙人王子乔,计会寿命难与期。人寿非
金石,年命安可期;贪财爱惜费,但为后世嗤。

王夫之评曰:"意亦可一言,而竟往复郑重,乃以曲
感人心。诗乐运用,正在于斯。"《古诗评选》岂止曲感人
心,词亦感人心。如"人生不满百,常怀千岁忧""贪财
爱惜费,但为后世嗤",把传情达意与声调变化相结合,
使之化为音乐以感人,绝不像后代道学家板起面孔以
训人。

再如曹操《碣石篇》其四《龟虽寿》:

神龟虽寿,犹有竟时;腾蛇乘雾,终为土灰。
老骥伏枥,志在千里;烈士暮年,壮心不已。盈缩
之期,不但在天;养怡之福,可得永年。幸甚至哉,
歌以咏志。

王夫之评曰:"孟德乐府固卓荦惊人,而意抱渊永,动人以声不以言。"《《古诗评选》》全诗抑扬顿挫,音节浏亮,使人仿佛沉浸在缭绕的声律中。这种动人以声不以言的艺术,不止为乐府作品所具备,在唐宋的汉诗中也到处可见。

例如李白《将进酒》:

君不见黄河之水天上来,奔流到海不复回。君不见高堂明镜悲白发,朝如青丝暮成雪。人生得意须尽欢,莫使金樽空对月。天生我材必有用,千金散尽还复来。烹羊宰牛且为乐,会须一饮三百杯。岑夫子,丹丘生,将进酒,杯莫停。与君歌一曲,请君为我倾耳听。钟鼓馔玉不足贵,但愿长醉不复醒。古来圣贤皆寂寞,惟有饮者留其名。陈王昔时宴平乐,斗酒十千恣欢谑。主人何为言少钱,径须沽取对君酌。五花马,千金裘,呼儿将出换美酒,与尔同销万古愁。

全诗宛然一曲劝酒歌,不仅意象流动如音符,而且声调多变,韵律飘逸,唱出作者内心十分复杂的感情。

可惜古乐失传，无人再将之谱成一支歌，否则必将引起许多怀才不遇者的共鸣。

又如王勃《滕王阁》：

> 滕王高阁临江渚，佩玉鸣鸾罢歌舞。画栋朝飞南浦云，珠帘暮卷西山雨。闲云潭影日悠悠，物换星移几度秋。阁中帝子今何在？槛外长江空自流。

全诗虽非律体，但平仄相间，读来抑扬顿挫，错落有致，乐感很强。前二联用仄声韵，后二联用平声韵，由抑而扬，声调变化合乎韵律规则。七言声缓，音节从容不迫，也合乎颂歌的音乐规则。朗诵起来，如歌如泣，令人顿生无限感慨。

再如苏轼《水调歌头·明月几时有》：

> 明月几时有，把酒问青天。不知天上宫阙，今夕是何年。我欲乘风归去，又恐琼楼玉宇，高处不胜寒，起舞弄清影，何似在人间。　转朱阁，低绮户，照无眠。不应有恨，何事长向别时圆？人有

悲欢离合,月有阴晴圆缺,此事古难全。但愿人长久,千里共婵娟。

轻盈的词句,沉郁的感情,借助美妙的声调与音节变化,谱成一曲悲歌,抒发出政治高压之下,怀才不遇者的心声。这种音乐美的艺术效果,并不逊于词义效果。试于夜深人静之际,含情吟诵这首词,自会感觉到它的音乐魅力。

还有欧阳修《戏答元珍》:

春风疑不到天涯,二月山城未见花。残雪压枝犹有橘,冻雷惊笋欲抽芽。夜闻归雁生相思,病入新年感物华。曾是洛阳花下客,野芳虽晚不须嗟。

作者毕竟是词坛高手,作诗也如填词,使全诗洋溢着音乐美。首联声调低回,颔联音律渐高,颈联故作顿挫,末联声遏行云。所押四字皆开口呼,合乎抒发欣喜心情的需要。不谙乐理,是不可能有此音乐美的效果的。

《乐记》说："诗，言其志也；歌，咏其声也；舞，动其容也：三者本于心，然后乐器从之。"故刘勰在《文心雕龙·乐府》中说："诗为乐心，声为乐理"，"乐辞为诗，诗声曰歌"。宋代郑樵在《六经奥论》卷三中说："夫乐之本在诗，诗之本在声……而声之本在兴，鸟兽草木乃发兴之本。""诗三百篇皆可歌可诵可舞可弦，大师世守其业以教国子，自成童至既冠皆往习焉，诵之则习其文，歌之则识其声，舞之则见其容，弦之则寓其意。"又说："诗在于声不在于义，犹今都邑有新声，巷陌竞歌之，岂为其辞义之美哉？直为其声新耳。"（《通志》卷四十九《乐略正声序证》）可知大概至宋代，汉诗犹具备音乐性质，既可诵，也可歌。

因此，王夫之在《古诗评选》《唐诗评选》中屡从声、情两方面入手评价诗之优劣。直至元曲，还保留这一传统。此后罕闻汉诗可唱的记录，至于今，竟连词这种艺术也只剩下无声文字，岂不可叹乎！

汉诗的"隔"与"不隔"

"隔"与"不隔"是一对诗学概念,其发明者为近代著名学者王国维。

王国维在《人间词话》中说:"问'隔'与'不隔'之别,曰,陶(渊明)、谢(灵运)之诗不隔,(颜)延年则稍隔矣;东坡之诗不隔,山谷则稍隔矣。'池塘生春草''空梁落燕泥'等二句,妙处唯在不隔。词亦如是。即以一人一词论,如欧阳公《少年游》(咏春草)上半阕云:'阑干十二独凭春,晴碧远连云,千里万里,二月三月,行色苦愁人。'语语都在目前,便是不隔。至云'谢家池上,江淹浦畔',则隔矣。"又举例说:"'生年不满百,常怀千岁忧。昼短苦夜长,何不秉烛游。''服食求神仙,多为药所误。不如饮美酒,被服纨与素。'写情如此,方为不隔。'采菊东篱下,悠然见南山。山气日夕佳,飞鸟相与还。''天似穹庐,笼盖四野。天苍苍,野茫茫,风吹草低见牛羊。'写景如此,方为不隔。"

从所举例子可知,王氏所谓"隔"与"不隔",是就作者使用的语言能否把预期所要创造的审美意象充分而完美地表达出来而言的。如陶诗"采菊东篱下,悠然见南山",顿使悠闲之情景跃然纸上,便是言、意、象不隔。而欧词"谢家池上,江淹浦畔",言之不能尽象,象之不能尽意,是谓之隔。这两种现象,在中国诗歌史上都大量存在,试补充数例。

例一,《诗经·秦风·蒹葭》:

蒹葭苍苍,白露为霜。所谓伊人,在水一方。溯洄从之,道阻且长。溯游从之,宛在水中央。

蒹葭凄凄,白露未晞。所谓伊人,在水之湄。溯洄从之,道阻且跻。溯游从之,宛在水之坻。

蒹葭采采,白露未已。所谓伊人,在水之涘。溯洄从之,道阻且右。溯游从之,宛在水中沚。

由内容可知,这是一首恋歌。为了塑造主人公对爱情忠贞的形象,作者成功地运用以景物描写烘托心理描写的手法,一唱三叹,情真意切,深深打动了读者的心。全诗言、意、象融为一体。

例二,《诗经·周颂·清庙》:

> 於穆清庙,肃雍显相。济济多士,秉文之德。
> 对越在天,骏奔走在庙,不显不承,无射于人斯!

这是祭祀周文王的乐歌。全诗只有言与意,而无审美之象。严格说,这不是诗,因为言与意象脱节。

例三,《楚辞·九歌·国殇》:

> 操吴戈兮披犀甲,车错毂兮短兵接。旌蔽日兮敌若云,矢交坠兮士争先。凌余阵兮躐余行,左骖殪兮右刃伤。霾两轮兮絷四马,援玉枹兮击鸣鼓。天时怼兮威灵怒,严杀尽兮弃原野。出不入兮往不反,平原忽兮路超远。带长剑兮挟秦弓,首身离兮心不惩。诚既勇兮又以武,终刚强兮不可凌。身既死兮神以灵,魂魄毅兮为鬼雄。

这是追悼阵亡将士的挽诗。全诗语言都是为塑造阵亡将士的英勇形象服务，几乎不存在"隔"的败笔，所以两千多年来为后人所吟诵，比起上文所引祭周文王的悼歌，不知高明多少。

例四，《楚辞·七谏·初放》：

平生于国兮，长于原野。言语讷涩兮，又无强辅。浅智褊能兮，闻见又寡。数言便事兮，见怨门下。王不察其长利兮，卒见弃乎原野。伏念思过兮，无可改者。群众成朋兮，上浸以惑。巧佞在前兮，贤者灭息。尧舜已没兮，孰为忠直？高山崔巍兮，水流汤汤。死日将至兮，与麋鹿同坑。块兮鞠，当道宿。举世皆然兮，余将谁告？

斥逐鸿鹄兮，近习鸱枭。斩伐橘柚兮，列树苦桃。便娟之修竹兮，寄生乎江潭。上葳蕤而防露兮，下泠泠而来风。孰知其不合兮，若竹柏之异心。往者不可及兮，来者不可待。悠悠苍天兮，莫我振理。窃怨君之不寤兮，吾独死而后已。

作者为西汉东方朔，此诗是模仿《九章》，用屈原的

口气写成。除中间一部分内容,全诗基本用直抒方式
表达出来,言与审美意象之间严重存在着"隔"的弊病。
因此,虽附翼《楚辞》,却不为后世所重。

例五,孟浩然《春晓》:

　　春眠不觉晓,处处闻啼鸟。夜来风雨声,花落
知多少?

明代诗论家唐汝询在《唐诗解》中评道:"首句破
题,次句即景,下联有惜春意。昔人谓诗如参禅,如此
等语,非妙悟者不能道。"因是妙悟所致,所以言与意象
不但不隔,而且合而为一。

例六,韩愈《晋公破贼回重拜台司,以诗示幕中宾
客,愈奉和》:

　　南伐旋师太华东,天书夜到册元功。将军旧
压三司贵,相国新兼五等崇。鹓鹭欲归仙仗里,熊
罴还入禁营中。长惭典午非材职,得就闲官即
至公。

该诗如作散文来看,所述无缺。但作为诗,则严重缺乏审美意象,更无韵外之致。何则?言、意、象有所隔也。难怪宋代诗论家严羽以孟、韩作比较,说:"且孟襄阳学力下韩退之远甚,而其诗独出退之之上者,一味妙悟而已。"(《沧浪诗话·诗辨》)

例七,王之涣《登鹳雀楼》:

白日依山尽,黄河入海流。欲穷千里目,更上一层楼。

全诗虽说理,却使人读之浑然不觉,因为言、意、象之间,天衣无缝也。况且,纯以审美意象传情达意,绝无以议论入诗之嫌。

例八,苏轼《题庐山东林寺》:

横看成岭侧成峰,远近高低各不同。不识庐山真面目,只缘身在此山中。

全诗偏重于意,而不能与象巧妙结合,这是言之有隔的缘故。与上文所引《登鹳雀楼》一比较,就看出此诗之逊色。宋诗之所以走下坡路,主要原因在于背离了汉诗必须创造审美意象的艺术规则。王国维说东坡诗不隔,也是相对于山谷而言。

"隔"与"不隔",除了王国维指出的之外,当代美学家朱光潜先生还在其《诗论》中补充说:"'隔'与'不隔'的分别可从情趣和意象的关系上面见出。情趣与意象恰相熨帖,使人见到意象,便感到情趣,便是不隔。意象模糊零乱或空洞,情趣浅薄或粗疏,不能在读者心目中现出明了深刻的境界,便是隔。"

其实,这也是言、意、象的结合问题。如王之涣的《登鹳雀楼》,言、意、象融而为一,即不隔,而情趣自然洋溢出来。而苏轼的庐山诗,企图不依靠审美意象,只依靠以言传意,自然就无情趣可言。

在汉诗中,言、意、象是谁都离不开谁的。

《庄子·外物》说:"筌者所以在鱼,得鱼而忘筌;蹄者所以在兔,得兔而忘蹄;言者所以在意,得意而忘言。吾安得夫忘言之人而与之言哉!"是说"言"的目的是为了表意,得到了"意","言"就可以舍弃了。这分明是就读者方面而言。而作者必须借助言以绘"象","象"以传"意",岂可舍弃"言"?

　　魏晋时期哲学家王弼把庄子"得意忘言"的命题做了进一步发挥,发明了"得意忘象"之说。他在《周易略例·明象》中说:"夫象者,出意者也;言者,明象者也。尽意莫若象,尽象莫若言。言出于象,故可寻言以观象;象生于意,故可寻象以观意。意以象尽,象以言著。故言者所以明象,得象而忘言;象者所以存意,得意而忘象……是故存言者,非得象者也;存象者,非得意者也。象生于意而存象焉,则所存者乃非其象也;言生于象而存言焉,则所存乃非其言也。然则忘象者,乃得意者也;忘言者,乃得象者也。得意在忘象,得象在忘言。故立象以尽意,而象可忘也;重画以尽情,而画可忘也。"

　　王弼的话对汉诗创作很有借鉴意义。在汉诗中,"意"要靠"象"来显现,"象"要靠"言"来说明,三者最终统一在审美意象中,让读者自然领会作者的情感。此乃几千年汉诗吸取中国美学、哲学研究的结果,岂可说改就改?

汉诗的"兴"

"关关雎鸠,在河之洲……"《诗经》开卷首篇《关雎》第一句便运用"兴"（xīng）的写法。就像拉开汉诗的美丽序幕,读者在"关关雎鸠"的雌雄和鸣声中,愉快地接受了爱情教育。接着第二篇《葛覃》:"葛之覃兮,施于中谷,维叶萋萋……"第三篇《卷耳》:"采采卷耳,不盈顷筐……"绮丽的情景接踵而至,令人浮想联翩。

自从《诗经》开创了这种表达方式,在中国诗歌史上,"兴"的艺术浪花,便铺天盖地而来,且看:"悲回风之摇蕙兮,心冤结而内伤……"（《楚辞·九章·悲回风》）"悲哉秋之为气也,萧瑟兮草木摇落而变衰……"（《九辩》）

"青春受谢,白日昭只。春气奋发,万物遽只……"

（《大招》）

屈原、宋玉、景差师徒三人的作品,都继承了《诗经》的艺术传统——"兴"的表达方式,创造出万象纷呈的审美意象。

到了汉魏六朝,这种艺术充分表现在乐府中。

如《平调曲·长歌行》:

> 青青园中葵,朝露待日晞。阳春布德泽,万物生光辉。常恐秋节至,焜黄华叶衰。百川东到海,何时复西归? 少壮不努力,老大徒伤悲。

开篇二句即为"兴",其余皆从此二句生发而出。可见"兴"犹如源头,作者感情之涌出,有赖于此也。

再如《瑟调曲·艳歌行》:

> 翩翩堂前燕,冬藏夏来见。兄弟两三人,流宕在他县。故衣谁当补? 新衣谁当绽? 赖得贤主人,览取为吾绽。夫婿从门来,斜柯西北眄。语卿且勿眄,水清石自见。石见何累累,远行不如归。

开篇二句之"兴",与下文密切相关,暗示流浪者犹如燕子时时思归。读开篇二句,即能想到流浪者生计之凄凉。

又如曹植《野田黄雀行》:

> 高树多悲风,海水扬其波。利剑不在手,结友何须多?不见篱间雀,见鹞自投罗。罗家得雀喜,少年见雀悲。拔剑捎罗网,黄雀得飞飞。飞飞摩苍天,来下谢少年。

全诗由"兴"与"比"构成。开篇之"兴",即渲染了悲凉气氛,为下文做铺垫。读者可由"兴"联想到比下文所喻更多的社会现象。正如王夫之于晋乐府词《独漉篇》所下评语:"引之开而愈合,放之缓而愈悲,不为雅容而自雅……"(《古诗评选》)

再如《古诗为焦仲卿妻作》。"孔雀东南飞,五里一徘徊……"这是古代第一首长篇叙事诗,特色多多,第一个特色就是开篇二句之"兴"。这二句"兴"所创造的凄美意象,仿佛一个引子,象征故事主人公——刘兰芝——依依不舍离开丈夫。能说这样的"兴"对中心内容没有作用吗?

再如吴均《城上麻》:

> 麻生满城头,麻叶落城沟。麻茎左右披,沟水东西流。少年感恩命,奉剑事西周。但令直心尽,何用返封侯?

王夫之评曰:"极意逼遣令古,虽未得至,而用兴酣畅淋漓,动人多矣!"(《古诗评选》)全诗一半用"兴",以"直心"之麻比照"事西周"之"少年",令人遐想无穷。

"兴"这种艺术流传到唐代,不仅使用普遍,而且效果更好。试举数例。

例一,张若虚《春江花月夜》:

> 春江潮水连海平,海上明月共潮生。滟滟随波千万里,何处春江无月明?江流宛转绕芳甸,月照花林皆似霰。空里流霜不觉飞,汀上白沙看不见。江天一色无纤尘,皎皎空中孤月轮。江畔何人初见月,江月何年初照人?人生代代无穷已,江月年年望相似。不知江月待何人,但见长江送流

水。白云一片去悠悠，青枫浦上不胜愁。谁家今夜扁舟子，何处相思明月楼？可怜楼上月徘徊，应照离人妆镜台。玉户帘中卷不去，捣衣砧上拂还来。此时相望不相闻，愿逐月华流照君。鸿雁长飞光不度，鱼龙潜跃水成文。昨夜闲潭梦落花，可怜春半不还家。江水流春去欲尽，江潭落月复西斜。斜月沉沉藏海雾，碣石潇湘无限路。不知乘月几人归，落月摇情满江树。

诗以十句写景起兴，为全诗涂上浓浓的浪漫主义艺术色彩。抒发游子思乡过程中，又时时结合景色描写，创造出一个又一个审美意象。最后推出空灵的意境，又不忘把读者引入韵味无穷的境界。成功的关键在于开篇的"兴"，岂止经学家所说的"感发兴起"？简直与全诗融为一体，密不可分。至于朱熹的"诗之兴，全无巴鼻"之说（《诗纲领》），在这里完全解释不通。

李白是最擅长运用"兴"的艺术以创造审美意象的伟大诗人。如《古风》其二：

蟾蜍薄太清,蚀此瑶台月。圆光亏中天,金魄遂沦没。螮蛛入紫微,大明夷朝晖。浮云隔两曜,万象昏阴霏。萧萧长明宫,昔是今已非。桂蠹花不实,天霜下严威。沉叹终永夕,感我涕沾衣。

开篇八句皆为兴,以传说中的天上月食情景勾起对人间玄宗皇后王氏为武则天谗废一事的联想,然后以汉武帝陈皇后的不幸遭遇一事为比,写出对明皇卒以太真覆国结局的预感与担忧。全诗之美,几乎全在兴上。这种由虚入实的艺术效果,与"比"不同,不可混为一谈。

又如郭振《子夜春歌》:

陌头杨柳色,已被春风吹。妾心正断绝,君怀那得知?

诗由春色描写起兴,尚未铺开,即已收住,因为主旨已明。所以触兴之言亦成中心内容,此是小诗精练之处。唐人绝句普遍如此,已与《诗经》时代迥别。

宋词之美,亦离不开"兴",如邓剡《唐多令》:

雨过水明霞,潮回岸带沙。叶声寒,飞透窗纱。堪恨西风吹世换,更吹我,落天涯。　寂寞古豪华,乌衣日又斜。说兴亡,燕入谁家? 惟有南来无数雁,和明月,宿芦花。

词以眼前景起兴,勾起下文"落天涯"的亡国之痛。情之所由生者,"兴"也。到了读者那里,能引起联想,亦凭"兴"。所以王夫之说:"'诗言志,歌永言。'非志即为诗,言即为歌也。或可以兴,或不可以兴,其枢机在此。"(《唐诗评选》)

不过,要强调的是,对于读者来说,"兴"的诗句不是轻易能读懂的。例如《诗经·大雅·棫朴》第四章:"倬彼云汉,为章于天。周王寿考,遐不作人。"意思是说:广阔的银河上,光辉满天;周文王已九十多岁,造就了多少人才! 首二句的写景是"兴",用以象征周文王功德无边,是为下文二句服务的。作者如此深刻的用意,只有在反复"涵咏"之后才能品味得到。这是朱熹在《答何叔京》一文中举到的例子。所以,碰到类似情况,千万不要像明代徐渭那样轻率地说:"诗之'兴'体,起句绝无意味,自古乐府已然。"(《奉师季先生书》)

　　古人知诗之"兴"不可少,所以好用"兴"的表达方式以创造审美意象,以便读者读了诗更容易产生联想的"兴"。后之"兴"虽不同于前之"兴",但追求的目的大体一致。王夫之又说:"于所兴而可观,其兴也深。于所观而可兴,其观也审。"《姜斋诗话》由此可见,汉诗的传统艺术——表达方式之一的"兴",切不可丢。

汉诗的"隐"与"秀"

　　梁代文学理论家刘勰的《文心雕龙》中有一篇诗论《隐秀》,是专门讨论汉诗的语言艺术的。他说:"夫心术之动远矣,文情之变深矣。源奥而派生,根盛而颖峻。是以文之英蕤,有秀有隐。隐也者,文外之重旨者也;秀也者,篇中之独拔者也。隐以复意为工,秀以卓绝为巧。斯乃旧章之懿绩,才情之嘉会也。夫隐之为体,义生文外,秘响旁通,伏采潜发,譬爻象之变互体,川渎之韫珠玉也。故互体变爻,而化成四象;珠玉潜水,而澜表方圆。……赞曰:深文隐蔚,余味曲包。辞生互体,有似变爻。言之秀矣,万虑一交。动心惊耳,

逸响笙匏。"（可参当代著名学者周振甫先生等几家的《文心雕龙注释》）

　　就未失传的有限文字也可明白，"隐"是讲究含蓄功夫的，追求的诗的语言，除表面一层意思，还必须有另外一层更深的意思。如曹植《野田黄雀行》（可参看《汉诗的"兴"》的引文），全诗中心内容用"比"的表达方式，要说的意思，实际是表示一朝掌握政权，要保护像"黄雀"一样的弱者，不使受像"鹞"一样强者的欺凌。这种"隐"关系到构思的艺术问题，不光是修辞技巧了。又如刘桢《赠从弟》的"亭亭山上松"一诗，表面咏松，其实是赞美刚强不阿的道德和精神，也是用了"比"的表达方式。这种"隐"，似乎是最高级的，在唐代诗论家司空图看来，叫作"不著一字，尽得风流"（《二十四诗品·含蓄》）。也有重在修辞上下功夫的，如嵇康《赠秀才入军》之"左揽繁弱，右接忘归"，以矢名"忘归"谐一心报国而忘归，今谓之"双关"。又如阮籍《咏怀》之"北临太行道，失路将如何"，以比喻人生前程受阻。还有一种示隐的技巧，不妨叫作"兴"，是一种诗风造成的艺术效应。如陶渊明《归园田居》："种豆南山下，草盛豆苗稀。晨兴理荒秽，带月荷锄归。道狭草木长，夕露沾我衣。衣沾不足惜,但使愿无违。"作者咏眼前景与事,未必有意讽刺时局,但在读者看来,分明在讽刺黑暗的乱世。读者之所以产生这种"兴",赋诗意以特殊意义,是由于陶诗澹泊的诗风造成,于有意无意、巧与不巧间,令读者产生自然的联想。这种"隐"的技巧才是最高级的。

秀,关键在于"万虑一交",意思是用最精练的语言来创造审美意象。唐代诗人刘禹锡说:"片言明百意,坐驰可以役万景,工于诗者能之。"(《董氏武陵集记》)宋代诗人梅尧臣说:"状难写之景,如在目前;含不尽之意,见于言外。"(《六一诗话》引)

刘勰举例说:"'朔风动秋草,边马有归心',气寒而事伤,此羁旅之怨曲也。"此例似乎不足当秀,试举数例以补充之。如《诗经·小雅·采薇》:"昔我往矣,杨柳依依。今我来思,雨雪霏霏。"不仅意象秀美,还把主人公的心态刻画得栩栩如生。又如《离骚》:"路曼曼其修远兮,吾将上下而求索。"意象鲜明,令人咀嚼不尽。再如《大风歌》:"大风起兮云飞扬,威加海内兮归故乡……"把一代帝王的霸气刻画得淋漓尽致。再如谢灵运《登池上楼》:"池塘生春草,园柳变鸣禽。"风情无限。

隐与秀,在汉诗中往往二者兼备。刘永济《文心雕龙校释》说:"隐处即秀处。"因此,上引刘禹锡、梅尧臣之语,皆就隐、秀二者兼言。清代诗论家冯班也说过:"诗有活句,隐秀之词也。直叙事理,或有词无意(指意象),死句也。"(《钝吟杂录》)且看以下事实。

曹操《短歌行》之一:"月明星稀,乌鹊南飞。绕树三匝,何枝可依?"以比的手法写出乱世中怀才不遇者的悲惨处境,意象凄美,意伏象外,令人感兴不已。

曹丕《燕歌行》之一:"星汉西流夜未央,牵牛织女遥相望,尔独何辜限河梁?"王夫之总评曰:"倾情倾度,倾色倾声,古今无两。"(《古诗评选》)

曹植《朔风诗》:"昔我初迁,朱华未晞。今我旋止,素雪云飞。"写情写景,天衣无缝,生气横飞,扑面而来,隐秀俱备。

以上三例,可见建安风貌,既隐且秀。

齐梁诗虽然格调不高,但语言颇有可取之处。

例如谢朓《暂使下都夜发新林至京邑赠西府同僚》:"大江流日夜,客心悲未央。徒念关山近,终知返路长。秋河曙耿耿,寒渚夜苍苍。引领见京室,宫雉正相望。金波丽鳷鹊,玉绳低建章。驱车鼎门外,思见昭丘阳。驰晖不可接,何况隔两乡?风云有鸟路,江汉限无梁。常恐鹰隼击,时菊委严霜。寄言蔚罗者,寥廓已高翔。""驰晖不可接"等语,得景逼真,含情无限,既隐又秀,赢得李白顶礼膜拜。

江淹《无锡县历山集诗》:"愁生白露日,思起秋风年。窃悲杜蘅暮,擎涕吊空山。落叶下楚水,别鹤噪吴田。岚气阴不极,日色半亏天。酒至情萧瑟,凭樽还惘然。一闻清琴奏,歔泣方留连。况乃客子念,直置丝竹间。""落叶下楚水"以下四句,即目成吟,情景相惬,动人心旌,屡为后人所仿。

王夫之说,唐人佳句多从齐梁来,说明齐梁诗语言自有过人处。盛唐诗佳句比较普及,恕不赘引。

但是,入宋之后,与唐诗比较,宋诗中的隐秀佳句就少多了。主要原因,根据前人分析,在于比、兴少了,用赋的表达方式多了,况且宋人好用才学入诗、文字入诗、议论入诗。即以苏轼的诗为例,如《病中闻子由得告不赴商州三首》:

病中闻汝免来商,旅雁何时更著行。远别不知官爵好,思归苦觉岁年长。著书多暇真良计,从宦无功漫去乡。惟有王城最堪隐，万人如海一身藏。

近从章子闻渠说，苦道商人望汝来。说客有灵惭直道，逋翁久没厌凡才。夷音仅可通名姓，瘿俗无由辨颈腮。《答策》不堪宜落此，上书求免亦何哉？

辞官不出意谁知，敢向清时怨位卑。万事悠悠付杯酒，流年冉冉入霜髭。策曾忤世人嫌汝，《易》可忘忧家有师。此外知心更谁是，梦魂相觅苦参差。

真不敢相信，曾写出"大江东去，浪淘尽，千古风流人物"的壮丽词章的大词人，竟会写出如此拙劣的诗篇。三首诗没有比家常话生动多少，既不用比、兴，又不完全像用赋，纯是一般叙述，遣词造句也不太讲究修辞方法。与家常话略为不同的是，只是合乎诗律，是道地的"格律溜"。汉诗的语言绝不应该如此鄙陋、寒碜。一代文豪尚且如此，难怪宋诗能与汉魏六朝和盛唐诗一决胜负的,少之又少。

　　好在宋词、元曲能继承汉诗隐秀的语言艺术传统。

　　然而,时下诗坛又严重忽略汉诗"隐秀"的语言艺术。如某大型诗词刊物主编作的一首七律:"只因一脉涓涓水,留此葱茏神木园。老干虬盘呈万象,高枝天接历千年。无边戈壁客来远,万亩浓荫风自闲。造物惠人敢轻觑,我心堪会不堪传。"且不说其他问题,光语言就不过关:隐在何处?秀在何处?

　　中华民族几千年的语言优秀传统,千万不要断送在我们这一代人手上,应当虚心向祖先学习。

汉诗的"吟咏情性"与"以意为主"

在汉诗创作的历史上有过"吟咏情性"与"以意为主"的两种流派,试作比较,然后判断是非。

从《诗经》来看,吟咏情性的占了大部分,尤以风、雅为著,如《召南·甘棠》:

> 蔽芾甘棠,勿翦勿伐,召伯所茇。蔽芾甘棠,勿翦勿败,召伯所憩。蔽芾甘棠,勿翦勿拜,召伯所说。

诗写后代子孙睹甘棠而思召伯,表达了对西周大

臣召伯生前施惠于民的功德的怀念之情。（据许志刚先生
《诗经解析》,下同。）

又如《小雅·四牡》：

四牡骓骓,周道倭迟。岂不怀归? 王事靡盬,
我心伤悲。

四牡骓骓,啴啴骆马。岂不怀归? 王事靡盬,
不遑启处。

翩翩者鵻,载飞载下。集于苞栩,王事靡盬,
不遑将父。

翩翩者鵻,载飞载止。集于苞杞,王事靡盬,
不遑将母。

驾彼四骆,载骤骎骎。岂不怀归? 是用作歌,
将母来谂。

诗写一位使臣为公事在周道上奔波,为其抒发思
念家乡、思念父母的痛苦之情。

再如《周颂·天作》：

天作高山,大王荒之。彼作矣,文王康之。彼

徂矣,岐有夷之行,子孙保之。

此是周王族祭祀岐山的诗,旨在教育子孙永保周之江山。

从三诗比较来看,第一、第二首是吟咏情性的,诗味韵长,令人感兴不已;第三首除了教育作用,谈不上艺术成就。

再看汉魏作品。例如项羽《垓下歌》:

力拔山兮气盖世,时不利兮骓不逝。骓不逝兮可奈何?虞兮虞兮奈若何!

如此缠绵悱恻的歌声,必然感动千古英雄人物。

又如曹操《却东西门行》:

鸿雁出塞北,乃在无人乡。举翅万余里,行止自成行。冬节食南稻,春日复北翔。田中有转蓬,随风远飘扬。长与故根绝,万岁不相当。奈何此征夫,安得去四方?戎马不解鞍,铠甲不离旁。冉冉老将至,何时反故乡?神龙藏深泉,猛兽步高冈。狐死归首丘,故乡安可忘!

诗写从军途中的思乡之情,"情真悲极"(王夫之评语,见《古诗评选》),令人为之泪下。

再如班固《咏史》:

> 三王德弥薄,惟后用肉刑。太仓令有罪,就逮长安城。自恨身无子,困急独茕茕。小女痛父言,死者不可生。上书诣阙下,思古歌《鸡鸣》。忧心摧折裂,《晨风》扬激声。圣汉孝文帝,恻然感至情。百男何愦愦,不如一缇萦。

诗写小女子缇萦上书汉文帝救父的故事。一如后代民间之唱词,围绕事理转,不是为了抒情,所以读来诗味不多。

再如孙绰《与庾冰诗》之一:

> 浩浩元化,五运迭送。昏明相错,否泰时用。数钟大过,乾象摧栋。惠怀凌构,神銮不控。

诗写玄学中的一个哲理问题,旨意欠明,诗情全亡,所以《诗品》评之为"理过其辞,淡乎寡味","平典似道德论"。

进入唐朝,好诗层出不穷,吟咏情性者完全成为诗主流。例如陈子昂《感遇诗》之一:

> 兰若生春夏,芊蔚何青青。幽独空林色,朱蕤冒紫茎。迟迟白日晚,袅袅秋风生。岁华尽摇落,芳意竟何成?

诗写壮年得不到国家重用的苦闷心情。

再如韦庄《忆昔》:

> 昔年曾向五陵游,子夜清歌月满楼。银烛树前长似昼,露桃花下不知秋。西园公子名无忌,南国佳人字莫愁。今日乱离俱是梦,夕阳唯见水东流!

诗写黄巢之乱中追昔抚今的伤感之情。

在近三百年为情而鸣的唐诗时代,也有少数不和谐之声。如韩愈《元和圣德诗》之外，还有很多篇章以文为诗，是用来表意的，例如《龊龊》：

> 龊龊当世士，所忧在饥寒。但见贱者悲，不闻贵者叹。大贤事业异，远抱非俗观。报国心皎洁，念时涕汍澜。妖姬坐左右，柔指发哀弹。酒肴虽日陈，感激宁为欢？秋阴欺白日，泥潦不少干。河堤决东郡，老弱随惊湍。天意固有属，谁能诘其端？愿辱太守荐，得充谏诤官。排云叫阊阖，披腹呈琅玕。致君岂无术，自进诚独难。

诗斥饥寒之士不能报国，唯大贤如我者能充谏官，以向皇帝陈献妙策，从而希望得到朝廷重用。如此之意，即为全诗主旨。可笑一代大儒，竟是如此"龊龊"。

诗到宋代，"吟咏情性"基本归于词，"以意为主"则基本归于诗，且看王禹偁《点绛唇》：

> 雨恨云愁，江南依旧称佳丽。水村渔市，一缕孤烟细。　　天际征鸿，遥认行如缀。平生事，此时凝睇，谁会凭栏意！

词写孤身漂泊江南的苦闷之情,隐含用世的渴望。

再看蒋捷《虞美人》:

> 少年听雨歌楼上,红烛昏罗帐。壮年听雨客
> 舟中,江阔云低,断雁叫西风。　　而今听雨僧庐
> 下,鬓已星星也。悲欢离合总无情,一任阶前,点
> 滴到天明。

词写一生漂泊以至晚年遭逢亡国的悲痛之情。

宋诗固然有吟咏情性而比较成功的作品,如苏轼
《和子由渑池怀归》:

> 人生到处知何似,应似飞鸿踏雪泥。泥上偶
> 然留指爪,鸿飞那复计东西。老僧已死成新塔,坏
> 壁无由见旧题。往日崎岖还记否,路长人困蹇
> 驴嘶。

诗写人生感慨,抒发了怀归而又百般无奈的郁闷
之情。但在全宋诗中,以意为主的作品占了大多数,如
欧阳修《送徐生之渑池》:

河南地望雄西京，相公好贤天下称。吹嘘死灰生气焰，谈笑暖律回严凝。曾陪樽俎被顾盼，罗列台阁皆名卿。徐生南国后来秀，得官古县依崝陵。脚靴手板实卑贱，贤隽未可吏事绳。携文百篇赴知己，西望未到气已增。我昔初官便伊洛，当时意气尤骄矜。主人乐士喜文学，幕府最盛多交朋。园林相映花百种，都邑四顾山千层。朝行绿槐听流水，夜饮翠幰张红灯。尔来飘流二十载，鬓发萧索垂霜冰。同时并游在者几，旧事欲说无人应。文章无用等画虎，名誉过耳如飞蝇。荣华万事不入眼，忧患百虑来填膺。美子年少正得路，有如扶桑初日升。名高场屋已得隽，世有龙门今复登。出门相送亲与友，何异篱鷃瞻云鹏。嗟吾笔砚久已格，感激短章因子兴。

诗颂徐生才华、名望、前程，兼叙自身经历与怀才不遇的情形。与李白《黄鹤楼送孟浩然之广陵》等送行诗一比较，即可看出此诗并非即景即事抒情，而是借事表意的，即希望徐生莫忘扶持自己。

又如陆游《别曾学士》：

儿时闻公名,谓在千载前。稍长诵公文,杂之韩杜编。夜辄梦见公,皎若月在天。起坐三叹息,欲见无由缘。忽闻高轩过,欢喜忘食眠。袖书拜辕下,此意私自怜。道若九达衢,小智妄凿穿。所愿瞻德容,顽固或少瘳。公不谓狂疏,屈体与周旋。骑气动原隰,霜日明山川。鞄系不得从,瞻望抱悁悁。画石或十日,刻楮有三年。贱贫未即死,闻道期华颠。他时得公心,敢不知所传。

全诗自始至终赞颂曾学士,目的只有一个,希望对方提携自己。

诸如此类的诗,至宋忽然增多起来,与宋人对汉诗的认识有关。苏轼就认为孔子所谓"词达",即"止于达意"《答谢民师书》,主张诗文必须"有为而作"《凫绎先生文集叙》,批评"儒者之病,多空文而少实用"《答王庠书》。继之而起的刘攽则更明确地提出"诗以意为主"的创作主张《中山诗话》。于是,诗坛与理学取得默契,公然背弃唐诗的抒情传统。

但是,汉诗的抒情传统并未因宋诗的背叛而改变发展方向。在理论上,汉代毛亨在《毛诗大序》中所说的诗是"吟咏情性"的话,已成为诗界公认规则。刘勰在《文心雕龙·原道》中所说的诗是"性灵所钟"的话,已深入人心。钟嵘在《诗品》中认为阮籍的诗可以"陶性灵,发幽思",已成为共识。何况,在宋代,像严羽那样一再重申"诗者,吟咏情性也"的,不在少数。

在实践上,宋词不仅继承了唐诗的抒情传统,而且更加充分,更得百姓喜爱。如柳永的词,"凡有井水饮处即能歌柳词"(叶梦得《避暑录话》),传播极广。

到了蒙古族占领中原,汉诗的典雅文风几乎丧失殆尽,但吟咏情性的传统却被保留在元杂剧及其散曲中。这说明吟咏情性就是汉诗生命力所在。

王国维先生说:"凡一代有一代之文学:楚之骚,汉之赋,六朝之骈语,唐之诗,宋之词,元之曲,皆所谓一代之文学,而后代莫能继焉者也。"(《宋元戏曲考·序》)明、清两代有不少诗论家、美学家如王世贞、袁宏道、王夫之、袁枚等,都充分看到汉诗发展的颓势,一再强调诗必须"吟咏情性",要彻底抛弃"以意为主"的那一套主张,但响应者寥寥,因为汉诗的衰亡已成定局。所以,尽管涌现出高启、龚自珍等一批富有才华的诗人,但其成绩根本不足与唐代相比,这是时代使然。

为今之计，要恢复汉诗，绝对不能从原已严重衰亡的宋、元、明、清诗作中去学习，至少要从《全唐诗》中去学习，即便六朝诗作，也远胜于前四朝。其次，必须学习汉诗与美学理论，尤其是《文心雕龙》、《诗品》、王夫之诗论及宗白华的《美学散步》等，否则空手套不了白狼。

汉诗的"别材"

　　宋代严羽在《沧浪诗话》中说:"夫诗有别材,非关书也;诗有别趣,非关理也。"向来解释者都把此处之"材"理解为才能。窃以为此处之"材"与"书"相对,如果"书"指书本知识,则"材"应指生活题材。因为死的书本知识与活的生活题材,是一个平面上相对立的两个问题,正如下句"趣"与"理"相对立一样,而才能与书本知识构不成对立。况且下文强调"多读书、多穷理"的重要性,都属于才能应当具备的素质,如"材"指才能,则何必重复? 又,下文云"诗者,吟咏情性也",即指题材而言,与才能无涉。

从汉诗的发展史来看,诗创作的确需要选择特殊题材。试从以下四方面来考察:

第一,从是否有利于吟咏情性的角度来选材。

在多年反秦与楚汉之争中,不知涌现出多少可歌可泣的英雄人物与惊人事件,但在汉诗历史上此时期只有两首诗最为脍炙人口,那就是项羽的《垓下歌》与刘邦的《大风歌》。

力拔山兮气盖世,时不利兮骓不逝。骓不逝兮可奈何?虞兮虞兮奈若何!（《垓下歌》）

大风起兮云飞扬,威加海内兮归故乡,安得猛士兮守四方!（《大风歌》）

这两首诗都可以挤出一桶泪水来。项羽平生最爱乌骓马与虞姬,受困垓下,肝肠欲断,才唱出这首惊世骇俗的楚歌。在当时,又有谁有此种撕心裂肺的感受?之所以能流传两千多载,全因一个"情"字。

刘邦的《大风歌》虽然逊于《垓下歌》,但融情景为一体,把一代胜利者的霸气,视权力如命的戾气,淋漓尽致地表现了出来。这种空前绝后的写怀，没有第三人能超过。

这二人的歌，压倒一切虫鸣，完全取决于吟咏情性，当然也与他们的特殊身份与豪迈之气有关。

又如汉末董卓之乱中，不知有多少国破家亡的人与事可以谱成诗歌，而唯独蔡琰《悲愤诗》长留诗史。这是因为蔡琰的悲惨遭遇最能反映这一历史事件中广大中原人民的痛苦。其事，其情，足以"动天地，感鬼神"《诗品》，所以传唱千古。

再如几千年来，民间的爱情悲剧不知有多少，而《孔雀东南飞》所叙故事中的刘兰芝与焦仲卿夫妇的遭遇，最能反映封建社会制度下的婚姻制度的黑暗，最能反映人民对爱情的忠贞。选择这样的题材入诗，自能"陶性灵，发幽思"《诗品》。王夫之说："人情之游也无涯，而各以其情遇，斯所贵于有诗。"《姜斋诗论》诚哉斯理。

诗与文不一样，不能用政治眼光来"立意"，而应从感情出发去选择题材。如果吟咏效果不能感动人，如韩愈《元和圣德诗》——把皇帝大大吹捧了一番，读者依然不买账，岂不与作者的愿望背道而驰？

第二,从是否有利于创造韵味的角度来选材。

如《诗经·豳风·东山》:

> 我徂东山,慆慆不归。我来自东,零雨其濛。
> 我东曰归,我心西悲。制彼裳衣,勿士行枚。蜎蜎
> 者蠋,烝在桑野。敦彼独宿,亦在车下。
>
> 我徂东山,慆慆不归。我来自东,零雨其濛。
> 果臝之实,亦施于宇。伊威在室,蟏蛸在户。町疃
> 鹿场,熠耀宵行。不可畏也,伊可怀也。
>
> 我徂东山,慆慆不归。我来自东,零雨其濛。
> 鹳鸣于垤,妇叹于室。洒扫穹窒,我征聿至。有敦
> 瓜苦,烝在栗薪。自我不见,于今三年。
>
> 我徂东山,慆慆不归。我来自东,零雨其濛。
> 仓庚于飞,熠耀其羽。之子于归,皇驳其马。亲结
> 其缡,九十其仪。其新孔嘉,其旧如之何?

诗写一位征夫还乡途中回忆三年前离家的情景,
回想三年征戍在外的苦难,怀念家乡的优美风光,想象
回到家乡见到妻子的美好感受。该诗把复杂的感情全
寄托在描写的人物、景物与叙述的事情上,没有一句抒

情,却没有一句不洋溢着令人感动的真情。这种韵味无穷的内容才是诗的上乘材料。正如王夫之所说:"于所兴而可观,其兴也深。于所观而可兴,其观也审。"《姜斋诗话》应是"别材"之"别"的所在之一。

再如谢灵运《晚出西射堂》:

> 步出西城门,遥望城西岑。连嶂叠巘崿,青翠杳深沉。晓霜枫叶丹,夕曛岚气阴。节往戚不浅,感来念已深。羁雌恋旧侣,迷鸟怀故林。含情尚劳爱,如何离赏心?抚镜华缁发,揽带缓促衿。安排徒空言,幽独赖鸣琴。

诗写怀念亲朋好友而无由相见的苦闷之情。"遥望城西岑"云云是艺术载体,写情才是全诗主题。原来山水诗也大有学问,选材必须富有韵味方好。王夫之评曰:"……心期寄托,风韵神理,不知《三百篇》如何。自汉至今,二千年来更无一人解恁道得,吟此而不知钦赏,更罚教五百劫,嗜酸酒牛肉去。"《古诗评选》令人解颐。

第三,从是否有利于创造意象与意境的角度来选材。

如李白《蜀道难》：

噫吁嚱，危乎高哉！蜀道之难，难于上青天！蚕丛及鱼凫，开国何茫然。尔来四万八千岁，不与秦塞通人烟。西当太白有鸟道，可以横绝峨眉巅。地崩山摧壮士死，然后天梯石栈相钩连。上有六龙回日之高标，下有冲波逆折之回川。黄鹤之飞尚不得过，猿猱欲度愁攀援。青泥何盘盘，百步九折萦岩峦。扪参历井仰胁息，以手抚膺坐长叹。问君西游何时还，畏途巉岩不可攀。但见悲鸟号古木，雄飞雌从绕林间。又闻子规啼夜月，愁空山。蜀道之难，难于上青天，使人听此凋朱颜！连峰去天不盈尺，枯松倒挂倚绝壁。飞湍瀑流争喧豗，砯崖转石万壑雷。其险也如此，嗟尔远道之人胡为乎来哉？剑阁峥嵘而崔嵬。一夫当关，万夫莫开。所守或匪亲，化为狼与豺。朝避猛虎，夕避长蛇，磨牙吮血，杀人如麻。锦城虽云乐，不如早还家。蜀道之难，难于上青天，侧身西望长咨嗟！

唐汝询《唐诗解》评曰："天宝十五载，禄山陷长安，玄宗惧。用杨国忠计幸蜀。太白闻而忧之，故作是诗。"此诗通过对蜀道艰险的描写，抒发了为国家而忧虑的忠君之情。材料本身就足以创造许多审美意象，编织成非常深刻的意境，因此信手写来，令人动容，令人骇叹，令人遐想无穷。其成功，固然决定于作者高超的诗歌艺术，也与题材的惊世骇俗有着密切关系。

再如王维《观猎》：

风劲角弓鸣，将军猎渭城。草枯鹰眼疾，雪尽马蹄轻。忽过新丰市，还归细柳营。回看射雕处，千里暮云平。

此诗综合了李广、周亚夫等人有关材料，塑造了开元全盛时期不忘保家卫国的一位将军形象，既歌颂了和平，又称赞了尚武精神。诗中通过一个又一个审美意象，传达出和平之时不可忘了战争这个意旨。既给人以美的艺术享受，又给人以思想教育，可谓一箭双雕。这种选材功夫，不是很值得我们效法吗？

第四，从是否有利于创造隐秀的艺术效果的角度来选材。

诗这种特殊的文学体裁,出现在读者面前的,往往不是真面目,而是托之艺术载体的既隐又秀的内容。

且看《诗经·魏风·硕鼠》：

　　硕鼠硕鼠,无食我黍! 三岁贯女,莫我肯顾。逝将去女,适彼乐土。乐土乐土,爰得我所。

　　硕鼠硕鼠,无食我麦! 三岁贯女,莫我肯德。逝将去女,适彼乐国。乐国乐国,爰得我直。

　　硕鼠硕鼠,无食我苗! 三岁贯女,莫我肯劳。逝将去女,适彼乐郊。乐郊乐郊,谁之永号?

表面上是控诉硕鼠的罪恶,实际是指责统治者、剥削者贪得无厌的罪行;表面上说要远离硕鼠,实际表示要摈弃统治者、剥削者,建立新生活。

再看曹植《七步诗》：

　　煮豆持作羹,漉豉以为汁。萁在釜下燃,豆在釜中泣。本是同根生,相煎何太急!

表面描写豆萁煮豆,实际指责兄弟相逼。

还有朱熹《观书有感》:

半亩方塘一鉴开,天光云影共徘徊。问渠那得清如许?为有源头活水来。

表面描写田野风光,实际表达的是读书的喜悦之情。

这在表达方式上叫"比",是汉诗常用艺术之一,目的是创造隐秀的艺术效果。这类诗的选材,除了本事之外,必须有艺术载体,否则赤裸裸地写出来,就不成为诗。所以碰到要歌颂港澳回归或"神七"上天之类事,选材必得多个心眼,才能使写出来的东西成为艺术品。

好诗是建立在特殊题材的基础上的。其特殊,除了上述四点要求之外,还有很多讲究。广泛熟读前人作品,自会发现许多奥妙。

汉诗的"血痕"与"墨痕"

清代诗论家贺贻孙在《诗筏》中说:"盛唐人诗有血痕无墨痕,今之学盛唐诗者有墨痕无血痕。"意思是,盛唐人诗"但见情性,不睹文字"(皎然《诗式》),而清人学盛唐诗者则相反。

此论不仅符合盛唐诗情况,也基本合乎清诗实际。

先看盛唐诗的"血痕"。

王维《息夫人》:

　　莫以今时宠,能忘旧日恩。看花满眼泪,不共楚王言。

《唐诗纪事》载:"宁王宪贵盛,宠妓数十人。有卖饼(者)之妻,纤白明媚,王一见属意,因厚遗其夫,求之,宠爱逾等。岁余因问曰:'汝复忆饼师否?'使见之。其妻注视,双泪垂颊,若不胜情。时王座客十余人,皆当时文士,无不凄异。王命赋诗。维先成云……座客无敢继者。王乃归饼师,以终其志。"

由此故事可知,王维此诗借古讽今,批评宁王仗势欺人,夺人所爱。诗中是非分明,毫不掩饰自己的思想感情。此即谓之"血痕"也。

孟浩然《归终南山》:

> 北阙休上书,南山归敝庐。不才明主弃,多病故人疏。白发催人老,青阳逼岁除。永怀愁不寐,松月夜窗虚。

据传,"明皇以张说之荐召浩然,令诵所作。乃诵:'北阙休上书……'帝曰:'卿不求朕,岂朕弃卿?何不云"气蒸云梦泽,波动岳阳城"?因是故弃"(《唐诗纪事》)。

此诗敢当面抱怨"明主弃",自是指举进士而不被录用而言。有唐一代,更无第二人敢如此狂放。诗之

"血痕"竟招身弃也在所不惜。浩然,浩然,浩然正气凛然!

王昌龄《西宫春怨》:

> 西宫夜静百花香,欲卷珠帘春恨长。斜抱云和深见月,朦胧树色隐昭阳。

此诗借班婕妤无端见弃长信宫一事,抒发自己怀才不遇的怨情。想王昌龄一生,中进士举,中博学鸿辞科,却只当了一个小小的县尉,还横遭贬斥,盖因没有政治靠山,又如班婕妤一样不善于攀龙附凤。其"春恨长"无处可泄,只好寄托于诗。诗中"血痕",隐然可见。

李白《宫中行乐词》四首之四:

> 柳色黄金嫩,梨花白雪香。玉楼巢翡翠,金殿锁鸳鸯。选妓随雕辇,征歌出洞房。宫中谁第一,飞燕在昭阳。

明代唐汝询评曰:"此刺明皇之独宠杨妃也。言花木禽鸟遍乎宫掖,极游观之美矣。又选妓征歌以自随,娱心者无非声色,然后庭之中谁最专房乎?独昭阳之飞燕耳。青莲每以飞燕比太真,卒起力士之谮,果以无心得罪乎?曰:否也。祸水灭汉,聚麀乱唐,取喻因自不浅。"(《唐诗解》)

李白敢以御用文人身份写出唐明皇生活腐化堕落的事实,此非"血痕"而何?

杜甫《石壕吏》:

暮投石壕村,有吏夜捉人。老翁逾墙走,老妇出门看。吏呼一何怒!妇啼一何苦!听妇前致词:"三男邺城戍。一男附书至,二男新战死。存者且偷生,死者长已矣!室中更无人,惟有乳下孙。有孙母未去,出入无完裙。老妪力虽衰,请从吏夜归。急应河阳役,犹得备晨炊。"夜久语声绝,如闻泣幽咽。天明登前途,独与老翁别。

此诗写唐明皇年间的一件事:王师败于邺城,史思明寇河阳,朝廷紧急征兵,百姓横遭祸殃,老妇应征入役。全诗尽是"血痕"。

刘熙载在《艺概》中说:"杜诗只'有''无'二字足

以评之。'有'者,但见性情气骨也;'无'者,不见语言文字也。"前者指"血痕"而言,后者指"墨痕"而言。其实,王维、孟浩然、王昌龄、李白等盛唐诗人与杜甫一样,其用情处不仅是非分明,而且仁义凛然,并不像宋、元、明、清有些诗人那样,为了保住既得利益,刻意回避利害问题,只在语言文字上下功夫,片面追求汉诗艺术,而是使艺术与思想感情合二为一,传达出令人感悟、促人奋进的意境。可惜后人大多只重视盛唐人诗的艺术,而罕有人注重其思想感情。因此,后代虽然对盛唐诗推崇备至,所创作出来的作品却是一代不如一代。

再看清诗的"墨痕"。

王士祯《灞桥寄内》:

> 太华终南万里遥,西来无处不魂销。闺中若问金钱卜,秋风秋雨过灞桥。

此诗写游长安灞桥为其秋色之美所陶醉的惬意之情。从艺术上看,确有盛唐遗风。但置汉之山河沦于异族铁蹄之下的现实而无动于衷,反为之津津乐道,岂不令人失望！作者是清初诗坛领袖，"一代正宗"，自称"诗崇王、孟"，"入吾室者，俱操唐音"《渔洋诗话·序》）。然而其作品完全丧失了王、孟的"血痕"，只留下可怜的"墨痕"。

吴伟业《恭纪驾幸南海子遇雪大猎》：

> 君王射猎近长安，龙雀刀环七宝鞍。立马山川千骑拥，赐钱父老万人看。霜林白马开金弹，春酒黄羊进玉盘。不向回中逢大雪，无因知道外边寒。

此诗写清朝皇帝出猎盛况，歌颂其威武气势，博得百姓"拥戴"的情形，最后略作劝诫，望其关切人民饥寒。沈德潜评曰："颂扬中不失箴规，此惟唐人有之。"《清诗别裁》作者原是明末崇祯辛未榜眼，官少詹事，降清后任祭酒。自知丧失民族气节，有《古意》曰："玉颜憔悴几经秋，薄命无言只泪流。手把定情金合子，九原相见尚低头。"以一女嫁二夫比喻自己的不贞，颇有自责的勇气。然而在现实的政治生涯中，却甘为异族统治者所驱遣，乐为侵略者歌功颂德。《恭纪》一诗即是明证。此与其自称作诗"宗法唐人",相去何啻十万八千里！难怪赢得《四库全书总目提要》的称赞。如此只有"墨痕"而无"血痕"的诗作,焉有正气可言？

方拱乾《旧鹤》：

老鹤迎人作意鸣,三年前是一般声。别来何物不经变,知尔于人无所争。旧侣分飞怜独立,故交相遇倍多情。卫廷岂少乘轩辈,谁卧长松梦玉京？

诗以旧鹤为比,写出自己随机应变、随遇而安的心态,艺术上不减少陵笔调。作者自称"诗必从杜入,方有真性情"（《清诗别裁》引）。试问,面对异族入侵中原,杜甫岂肯随机应变,随遇而安？这种毫无民族气节的"鹤",完全没有大是大非的处世原则,纵然啼声婉转,何能"动天地,感鬼神"？（《诗品》）

沈永令《秦中》：

深秋沙草马长嘶,塞柳千条覆曲堤。水落渭河诸派合,天围华岳万峰低。旧游金谷云烟散,故

国铜驼枳棘迷。紫气近来东望满,函关何用一
丸泥?

沈德潜引顾茂伦称此诗"沉雄瑰丽,可追盛唐",
"以其气象然也"(《清诗别裁》)。光从语言文字看,的确
如此。然而如从时代背景上加以追究,则应另当别论。
此时不仅秦中,整个中国都已为清廷掌控。汉族百姓
横遭杀戮,不知何来"紫气"? 自我标榜其诗"宗仰唐
人",仅得文字功夫而已,毫无"血痕"可言,难道盛唐杜
甫等人岂是如此没骨气?

龚鼎孳《赠歌者南归》:

长恨飘零入雒身,相看憔悴掩罗巾。后庭花
落肠应断,也是陈宫失落人。

诗借陆机、陆云降魏入洛的典故,为自己先后降李
自成、降清的丑恶行径作辩解。作者与钱谦益、吴伟业
合称"江左三大家",都是丧失民族气节,屈膝降清的
"贰臣"。其诗自称"崇尚盛唐","以杜甫为宗"(《定山堂
集》)。此诗从字面上看,抒发了故国黍离之思,颇为含

蓄深沉;但从意境上看,则文过饰非,难掩其"贰臣"本色。此时多少仁人志士如顾炎武、王夫之等正在为维护民族利益而与入侵者浴血奋战,流血牺牲,作者却在降敌后坐享高官,过上富贵生活,还为"南归"者——其实是逃避民族矛盾斗争者——送行,对其表示同情。这种懦夫的诗岂有盛唐人诗的"血痕"? 至多只有墨痕而已。

通过比较,我们至少得到三种感悟:

第一,汉诗是一门综合艺术,不单单是语言艺术。

盛唐诗的精彩,首先表现在思想感情上。他们通过诗抒发了热爱大自然、热爱国家、热爱民族、热爱人民、热爱故乡的思想感情。尽管信仰不同,如王昌龄、杜甫偏爱儒家思想,孟浩然、李白偏爱道家思想,王维偏爱佛家思想,但他们在对待现实的问题上并无大的出入。他们的处世,都有很强的原则,如孟子所说:"富贵不能淫,贫贱不能移,威武不能屈。"因此,皇权势力不能改变他们的是非观念,荣华富贵不能改变他们的理想与意志。在处于人生逆境时,他们绝不会向统治者摇尾乞怜。有这样高尚的情操,才有可能在诗里创作出高尚的艺术境界。如王维吟《息夫人》时,一边是宁王的强大势力,一边是饼师夫妇的软弱无助,换作贪图富贵者,肯定会倒向宁王一边,为虎作伥。但王维坚持自己的信念,不为威武所屈,勇敢地表达了对弱者的同情。又如杜甫落魄得衣食难以为继,却敢于斥责石壕吏,表达对应征的老妪的怜悯。这与他们的信仰、道德情操密切相关。须知汉诗从来就不是低级的玩意儿。《诗经》的风与雅传达出多少反抗压迫与剥削的正义呼声,《楚辞》流传下多少爱国爱民的诗篇,没有作者的高尚情操,哪会有闪光的诗作!后人尤其是清初降清者,完全不懂得这个道理。

盛唐诗的精彩,其次表现在意象与意境上。只有当优美的言、意、象三者完美地结合为一体时,才会产生优美的意象。如果其中一环出了问题,就难以遂愿。试看王昌龄的《西宫春怨》,不仅语言隐秀,形象鲜明,所吟咏的感情更为奇特,叫人读后不仅同情班婕妤,更同情作者的怀才不遇。而意境更与情意攸关。此诗旨在呼吁公平,自为读者乐于接受。后人尤其是清初学盛唐诗者,往往忽略这个最重要的情意一环。

第二,汉诗的艺术是为传情达意服务的,应当努力做到"得意忘言"。

盛唐诗的精彩,还表现在"得意忘言"。这是《庄子·外物》提出的哲学命题,完全适合诗道。读盛唐诗,自有一种感觉,墨痕少,血痕多。如李白《宫中行乐词》,读后眼前但见杨贵妃在起舞,唐明皇在欢笑,生活腐败到了极点,而诗人的语言全忘了。这是盛唐诗的艺术效果到了出神入化的表现。而读宋、元、明、清的诗,脑子里只缭绕诗句,诗中表达什么情意,倒模糊得很。为什么前者能使人得意忘言?这是艺术的魅力,说明艺术是手段,传情达意才是诗的最终目的。清人学盛唐诗舍本逐末,但有他们的苦衷,因为气节丧失了,找不到优美的情意,只好在文字上逞能。

第三,汉诗的一大任务是反映现实,推动时代前进。

从《全唐诗》可以看出,盛唐的清明政治、发达经济、繁荣文化、强大军事等,与盛唐诗人的贡献是分不开的。只有揭示矛盾,才能解决矛盾。盛唐诗之所以高于初唐,是因为不是一味歌功颂德。李白等人利用汉诗一方面大胆揭示社会阴暗面,一方面提出改善社会的积极建议。如《蜀道难》,建议派遣忠于朝廷者驻守边关;如杜甫的"三吏""三别",等于建议减轻农民负担；如王昌龄的怨诗，旨在建议改进用人制度。这些都是针对现实，意在推动时代前进的好作品。凡是英明的国君，自会接纳他们的正确意见。唐明皇在政治上就比较开明，听了孟浩然的抱怨，只是弃而不用，也没有施加打击；听了李白的讽刺，竟默然接受，到最后还赐杨贵妃死。只有这种政治环境，汉诗才有可能得到发展。而清朝统治时期，一方面采用军事打击，一方面采用文化高压，致使文人吟诗都没有自由，而无耻的文人便以歌功颂德换取富贵。如此，汉诗自然只剩下"墨痕"了。

从《诗经》、《楚辞》开始，汉诗便活蹦乱跳，为现实服务，与时俱进。究竟得了什么毛病，才使汉诗只留下"墨痕"呢？

汉诗的特殊思维

在中国诗歌史上,就创作思维而言,大致可分为三种不同类型的作品。

第一类是运用感性思维的,例如《诗经·周南·卷耳》:

采采卷耳,不盈顷筐。嗟我怀人,置彼周行。

陟彼崔嵬,我马虺隤。我姑酌彼金罍,维以不永怀。

陟彼高冈,我马玄黄。我姑酌彼兕觥,维以不永伤。

陟彼岨矣,我马瘏矣。我仆痡矣,云何吁矣!

诗写征夫思念家中妻子。第一段是对妻子的设想之辞;次段写自己翻山越岭,马儿累出病来,用酒排遣思妻的苦闷;第三段几乎重复次段;第四段把欲归不得的无奈表现得淋漓尽致。全诗始终在感性思维中徘徊,令人感到十分真实而亲切。

此外还有《楚辞·离骚》:

……驾八龙之婉婉兮,载云旗之委蛇。抑志而弭节兮,神高驰之邈邈。奏《九歌》而舞《韶》兮,聊假日以婾乐。陟升皇之赫戏兮,忽临睨夫旧乡。仆夫悲余马怀兮,蜷局顾而不行……

诗写诗人接受灵氛、巫咸劝告,决定去国远游,然而最终不忍离开故乡。其忠君爱国之情,虽托之想象,却令人如见其景,如闻其声,非常直观。这也是运用感性思维的结果。

《古歌谣·小麦青青》:

　　小麦青青大麦枯,谁当获者妇与姑。丈夫何在西击胡。吏买马,君具车,请为诸君鼓咙胡。

　　这首乐府全用嬉笑口吻道出普通百姓对侵略战争的不满情绪,既无正义的申斥,也无悲愤的控诉,其动人的艺术效果,应归功于感性思维。

陶潜《读山海经》:

　　孟夏草木长,绕屋树扶疏。众鸟欣有托,吾亦爱吾庐。既耕亦已种,时还读我书。穷巷隔深辙,颇回故人车。欢言酌春酒,摘我园中蔬。微雨从东来,好风与之俱。泛览周王传,流观山海图。俯仰终宇宙,不乐终何如?

　　所有意象都取之自然,即使最后言情,也离不开现实生活。这种感性思维,似不用心,而意落言外,所以赢得后人垂青。

李白《长相思》:

　　长相思,在长安。络纬秋啼金井阑,微霜凄凄簟色寒。孤灯不明思欲绝,卷帷望月空长叹。美人如花隔云端。上有青冥之长天,下有渌水之波澜。天长地远魂飞苦,梦魂不到关山难。长相思,摧心肝。

此为思君之作。全诗通过一个又一个审美意象的描写,抒发了流放之后仍不忘忠君爱国的情怀,运用十足的感性思维道出内心的痛苦,令人读来肝肠欲断。

上引五首诗作,都是汉诗名著。之所以赢得后人热爱,原因之一,是共同运用感性思维,创造出令人可见可闻的意象,把读者带入可思可味的意境,真切感受到作者的情感,与之同喜或同悲。

这种成功的创作经验,先贤论之详矣。自刘勰的《文心雕龙》至宗白华的《美学散步》,都反复加以强调。

第二类是运用理性思维的,例如《诗经·周颂·维清》:

维清缉熙,文王之典。肇禋,迄用有成,维周之祯。

诗颂文王治国之法，然而既不明示文王之法典如何，也不描写百姓如何受益，只有抽象的颂辞。这种理性思维的结果，很难让人动情。

《楚辞·七谏·沉江》：

> 惟往古之得失兮，览私微之所伤。尧舜圣而慈仁兮，后世称而弗忘。齐桓失于专任兮，夷吾忠而名彰。晋献惑于骊姬兮，申生孝而被殃。偃王行其仁义兮，荆文寤而徐亡。纣暴虐以失位兮，周得佐乎吕望……

作者是西汉东方朔。诗写屈原沉江时的情景，但与屈原《离骚》等作品迥异，既乏浪漫之想象，又无感人的意象。原因就在于思维方式不同。《离骚》等屈原作品，用的是感性思维，而此诗用的是理性思维，只有抽象陈述与概括说明，而未能展开具体的描写，所以虽附翼《楚辞》，却不为后人所重。

孙绰《赠温峤诗》其一：

> 大朴无象，钻之者鲜。玄风虽存，微言靡演。

邈矣哲人,测深钩缅。谁谓道辽,得之无远。

正如钟嵘在《诗品》中所评云:"理过其辞,淡乎寡味","平典似道德论"。诗的意象、意境都无从谈起,因为作者用的是理性思维。

韩愈《荐士》:

周诗三百篇,雅丽理训诰。曾经圣人手,议论安敢到。五言出汉时,苏李首更号。东都渐弥漫,派别百川导……救死具八珍,不如一箪犒。微诗公勿诮,恺悌神所劳。

全诗与时下"格律溜"者无异,纯是理性思维的文字,毫无感人的意象。令人不解的是,《唐诗别裁》为何会选如此蹩脚的"口号"入集。

陆游《和陈鲁山十诗》之二:

唐虞亦人耳,西海可高谢。哀哉斗升故,诌妄两凭架。心明物自宾,能整故能暇。会当弃人事,面壁度九夏。

全诗浑是一番议论,严重背离汉诗诸多艺术规则,其流弊影响数代人,使汉诗渐渐丧失了原有的优秀传统。

上引五首诗——严格说,不是诗,具备一个共同特点,皆以理性思维进行创作,读来味同嚼蜡。不幸的是这种"遗风"尚在,甚至流传到海外。

还有第三种类型,即兼用感性思维与理性思维的,例如《诗经·大雅·文王》:

文王在上,於昭于天。周虽旧邦,其命维新。有周不显,帝命不时。文王陟降,在帝左右。

亹亹文王,令闻不已。陈锡哉周,侯文王孙子。文王孙子,本支百世。凡周之士,不显亦世。

世之不显,厥犹翼翼。思皇多士,生此王国。王国克生,维周之桢。济济多士,文王以宁。

穆穆文王,於缉熙敬止。假哉天命,有商孙子。商之孙子,其丽不亿。上帝既命,侯于周服。

侯服于周,天命靡常。殷士肤敏,祼将于京。厥作祼将,常服黼冔。王之荩臣,无念尔祖。

无念尔祖,聿修厥德。永言配命,自求多福。

殷之未丧师,克配上帝。宜鉴于殷,骏命不易。

命之不易,无遏尔躬。宣昭义问,有虞殷自天。上天之载,无声无臭。仪刑文王,万邦作孚。

诗述文王功德及其给予周贵族的恩惠,并告诫周王室牢记殷商灭亡的教训。诗中虽用感性思维创造了一些审美意象,如"文王陟降,在帝左右"等,但基本运用理性思维,以教训人的口吻说话。故读此诗,与读《尚书》的文诰无异。

唐山夫人《安世房中歌》之一与之二:

大孝备矣,休德昭清。高张四县,乐充宫廷。芬树羽林,云景杳冥。金支秀华,庶旄翠旌。

七始华始,肃倡和声。神来宴娭,庶几是听。粥粥音送,细齐人情,忽乘青玄,熙事备成。清思眑眑,经纬冥冥。

用感性思维描写神之来、乐者之妙,使人如置其境。但一下笔,即用理性思维以训人,则违背诗的基本规则。

杜甫《述古》之一：

赤骥顿长缨，非无万里姿。悲鸣泪至地，为问驭者谁。凤凰从东来，何意复高飞。竹花不结实，念子忍朝饥。古时君臣合，可以物理推。贤人识定分，进退固其宜。

诗写贤者当择君而事之之理，前八句尚可，用比说明问题，后四句则纯说理，脱离了"窥意象而运斤"的艺术规则。难怪杜诗招致后人不少非议。

以上三类诗比较，只有第一类诗能得后人一致称赞。理由很简单：其一，汉诗的本体和生命是审美意象，一旦丧失了意象，意境就无从谈起，而创造审美意象，必须仰仗感性思维。其二，创造审美意象离不开"直寻"，依靠理性思维是无法把眼前景象与内心情感结合在一起的，只会使二者脱节，丧失了艺术韵味。其三，汉诗忌讳用理性思维点破主题，这项工作应交给读者，读者与作者在诗的创作上是同样重要的，否则索然寡味，就无"兴"可言，用不着读者了。

当然，光凭感性思维，未必便能创作出优秀诗作，其中还有许多艺术问题。

一是思维忌直而尚曲，如陶翰《燕歌行》：

> 请君留楚调，听我吟燕歌。家在辽水头，边风意气多。出身为汉将，正值戎未和。雪中凌天山，冰上渡交河。大小百余战，封侯竟蹉跎。归来霸陵下，故旧无相过。雄剑委尘匣，空门唯雀罗。玉簪还赵姝，宝瑟付齐娥。昔日不为乐，时哉今奈何！

自"封侯竟蹉跎"起，即折入反面描写，把老将遭到不公平待遇的情景道出来。这种曲折的思维，才能避免平铺直叙的庸俗化。

二是要注重虚实结合，如李白《梦游天姥吟留别》：

> 海客谈瀛洲，烟涛微茫信难求……霓为衣兮风为马，云之君兮纷纷而来下。虎鼓瑟兮鸾回车，仙之人兮列如麻。忽魂悸以魄动，恍惊起而长嗟。惟觉时之枕席，失向来之烟霞。世间行乐亦如此，

古来万事东流水。别君去兮何时还,且放白鹿青崖间,须行即骑访名山。安能摧眉折腰事权贵,使我不得开心颜!

此诗在叙述天姥山奇观中,插入一段神话传说的描写,使全诗蒙上浪漫主义色彩,更能增强作品的吸引力。这种虚实结合的思维,谁会嫌它是封建迷信呢?

三是要有一定思想深度,切忌浮在表面,如王维《西施咏》:

> 艳色天下重,西施宁久微。朝为越溪女,暮作吴宫妃。贱日岂殊众,贵来方悟稀。邀人傅脂粉,不自著罗衣。君宠益娇态,君怜无是非。当时浣纱伴,莫得同车归。持谢邻家子,效颦安可希?

第五句开始即深入描写西施如何非同一般美女,从而跳出有关美貌的世俗见解,借题发挥,揭示了社会等级制度的黑暗。否则,全诗无非是一幅美女图而已,谈不上深刻意义。

四是要讲究措辞的创造性,避免人云亦云,如孟浩然《永嘉上浦馆逢张子容》：

> 逆旅相逢处，江村日暮时。众山遥对酒，孤屿
> 共题诗。廨宇邻鲛室，人烟接岛夷。乡园万余里，
> 失路一相悲。

其中"众山遥对酒，孤屿共题诗"，殷璠在《河岳英灵集》中评曰："无论兴象，兼复故实。"自谢灵运在《登江中孤屿》中所云"乱流趋正绝，孤屿媚中川"以来，此句乃对温州江中孤屿描写最优美的，至今温州孤屿仍镌刻着这两句诗。

可见，汉诗思维有其特殊性，与散文固然不同，与一般韵文亦有很大差异。可惜，这种创作规则渐渐为后人所忽略，把汉诗引入格调、格律等死胡同，使人很难再看到汉、魏、晋、宋与盛唐的繁荣气象。

汉诗创作的灵感

爱迪生说:"天才就是百分之一的灵感加上百分之九十九的汗水。但那百分之一的灵感是最重要的,甚至比那百分之九十九的汗水都要重要。"

灵感之于汉诗创作,也是如此。从汉诗发展史来看,至少有两种情况值得我们注意。

其一,灵感垂怜为汉诗而痴迷者。

在有唐一代诗人中,王维可谓佼佼者。他十七岁时便写出《九月九日忆山东弟兄》:"独在异乡为异客,每逢佳节倍思亲。遥知兄弟登高处,遍插茱萸少一人。"

从少年时代开始,王维便为汉诗而痴迷。安禄山之乱前,他方成年,便有两首佳作为著名歌手李龟年与梨园所传唱。其一为《相思子》:"红豆生南国,春来发几枝。愿君多采撷,此物最相思。"其二为《伊州歌》:"清风明月苦相思,荡子从戎十载余。征人去日殷勤嘱,归雁来时数附书。"

安禄山攻入京都长安,他被拘于菩提寺,恰逢好友裴迪来探望,随即口吟一首诗奉上:"万户伤心生野烟,百僚何日更朝天?秋槐叶落深宫里,凝碧池头奏管弦。"

他中年丧妻不娶,孤居三十年,除了礼佛,就是吟咏,创作了大量诗作。据传,他为吟诗竟"走入醋瓮"(《存余堂诗话》),可见其痴迷程度。正因为痴迷于诗,所以灵感经常垂怜于他。

殷璠在《河岳英灵集》中说:"维诗辞秀调雅,意新理惬,在泉为珠,着壁成绘,一字一句,皆出常境。至如'落日山水好,漾舟信归风';又'涧芳袭人衣,山月映石壁';又'天寒远山静,日暮长河急';又'贱日岂殊众,贵来方悟稀';又'日暮沙漠陲,战声烟尘里'……讵肯惭于古人也!"

凡此思出常境者,皆为灵感相助者。故后人不知就里,誉之为"得空王相助"。

再如"大历十才子"之首钱起。其《寄郎士元》云:"龙节知无事,江城不掩扉。诗传过客远,书到故人稀。坐啸看潮起,行春送雁归。望舒三五夜,思尽谢玄晖。"他也是一位汉诗痴迷者。据传,"天宝十年,试《湘灵鼓瑟》诗云:'善鼓云和瑟,常闻帝子灵。冯夷徒自舞,楚客不堪听。苦调凄金石,清音入杳冥。苍梧来怨慕,白芷动芳馨。流水传湘浦,悲风过洞庭。曲终人不见,江上数峰青。'起从乡荐,居江湖客舍,闻吟于庭中曰:'曲终人不见,江上数峰青。'视之,无所见矣。明年,崔曙试《湘灵鼓瑟》诗,起即用为末句。人以为鬼谣。"(《唐诗纪事》)此非鬼谣,分明是灵感相助,而其不自知耳。

又如苦吟诗人贾岛。《唐诗纪事》载:"岛赴举至京,骑驴赋诗,得'僧推月下门'之句。欲改'推'作'敲',引手作推敲之势,未决,不觉冲大尹韩愈,乃具言。愈曰:'敲字佳矣。'遂并辔论诗久之。或云吟'落叶满长安'之句,唐突大尹刘栖楚,被系一夕,放之。"如此一为诗而痴迷者,虽屡举而不中,却为大儒韩愈所喜爱,因其诗中有警句。"夜半长安雨,灯前越客吟。""岛屿夏云起,汀州芳草深。""秋风吹渭水,落叶满长安。"
"山钟夜度空江水,汀月寒生古石楼。""旧国别多日,故
人无少年。"……均为张为取作《主客图》。这些警句想
必都是贾岛的苦吟精神打动灵感的结果。

更有梦中得诗者。《紫微诗话》载:"张先生子厚与
从祖子进,同年进士也。张先生自登科不复仕,居毗
陵……先生梦中诗,如:'楚峡云娇宋玉愁,月明溪净
印银钩。襄王定是思前梦,又抱霞衾上玉楼。'又'无限
寒鸦冒雨飞''红树高高出粉墙'之句,殆不类人间
语也。"

其二,灵感眷顾为诗而妙悟者。

《诗品》引《谢氏家录》云:"康乐每对惠连,辄得佳
语。后在永嘉西堂,思诗竟日不就,寤寐间忽见惠连,
即成'池塘生春草'。故尝云:'此语有神助,非我语
也。'"此即灵感在起作用。在通常情况下,灵感喜欢眷
顾为诗而妙悟者。

且看谢灵运的两首诗。

《登江中孤屿》:

江南倦历览,江北旷周旋。怀新道转迥,寻异

景不延。乱流趋正绝,孤屿媚中川。云日相辉映,空水共澄鲜。表灵物莫赏,蕴真谁为传?想象昆山姿,缅邈区中缘。始信安期术,得尽养生年。

王夫之评曰:"入想出句,一如姣月之脱于重云。"(《古诗评选》)

《登池上楼》:

潜虬媚幽姿,飞鸿响远音。薄霄愧云浮,楼川怍渊沉。进德智所拙,退耕力不任。殉禄反穷海,卧疴对空林。衾枕昧节候,褰开暂窥临。倾耳聆波涛,举目眺岖嵚。初景革绪风,新阳改故阴。池塘生春草,园柳变鸣禽。祁祁伤豳歌,萋萋感楚吟。索居易永久,离群难处心。持操岂独古,无闷征在今。

王夫之评曰:"始终五转折融成一片,天与造之,神与运之,呜呼,不可知已!'池塘生春草',且从上下前后左右看取,风日云物,气序怀抱,无不显者,较'蝴蝶飞南国'之仅为透脱语尤广远而微至。"(《古诗评选》)

此二诗皆为守永嘉时所作。盖得永嘉山水之灵气,诗里无不闪烁着灵感光辉,岂止"池塘生春草"！至今温州人仍时时吟诵此二诗,不仅用以表达对家乡的热爱,也表达对谢灵运的怀念。山水有幸,后代子孙有幸,钟灵毓秀的永嘉山水又培育出"敢为天下先"的温州人精神。

继承谢灵运为诗而妙悟的艺术传统,在有唐一代还很多,如孟浩然即是一位佼佼者。王士源《孟浩然集·序》云:"孟浩然,襄阳人也。骨貌淑清,风神散朗。救患释纷以立义,灌园艺圃以全高。交游之中,通脱倾盖,机警无匿。学不攻儒,务掇菁华;文不按古,匠心独妙。五言诗天下称其尽善。闲游秘省,秋月新霁,诸英联诗,次当浩然,句曰:'微云淡河汉,疏雨滴梧桐。'举座嗟其清绝,咸以之阁笔,不复为继。"皮日休《孟亭记》云:"先生之作,遇景入咏,不钩奇抉异,令龌龊束人口者,涵涵然有干霄之兴,若公输氏当巧而不巧者也。北齐美萧悫'芙蓉露下落,杨柳月中疏',先生则有'微云淡河汉,疏雨滴梧桐'。乐府美王融'日霁沙屿明,风动甘泉浊',先生则有'气蒸云梦泽,波动岳阳城'。谢脁之诗句,精者有'露湿寒塘草,月映清淮流',先生则有

'荷风送香气,竹露滴清声'。此与古人争胜于毫厘也。"殷璠《河岳英灵集》曰:"且浩然诗文,文采丰茸,经纬绵密,半遵雅调,全削凡体。至如'众山遥对酒,孤屿共题诗',无论兴象,兼复故实。"据传,"浩然每为诗,伫兴而作,故或迟"(王士源《孟浩然集·序》),因此,"眉毛尽落"(《存余堂诗话》)。

且看孟浩然之《春晓》:

> 春眠不觉晓,处处闻啼鸟。夜来风雨声,花落知多少?

明代诗论家唐汝询评曰:"昔人谓诗如参禅,如此等语,非妙悟者不能道。"(《唐诗解》)宋代严羽就说过:"大抵禅道惟在妙悟,诗道亦在妙悟。且孟襄阳学力下韩退之远甚,而其诗独出退之之上者,一味妙悟而已。"(《沧浪诗话》)

惟妙悟,其思维方能与灵感汇合,方能得神灵相助。孟浩然的众多作品可以证明这个事实。

又有刘禹锡,吟诗亦凭妙悟,常得灵感之助。《唐诗纪事》载:"'山围故国周遭在,潮打空城寂寞回。淮水东边旧时月,夜深还过女墙来.'乐天掉头苦吟,叹赏良久,曰:'《石头》诗云:'潮打空城寂寞回',吾知后之诗人,不复措辞矣……尝戏微之云……梦得!梦得!文之神妙,莫先于诗。若妙与神,则吾岂敢。如梦得'雪里高山头白早,海中仙果子生迟''沉舟侧畔千帆过,病树前头万木春'之句之类,真谓神妙矣。在在处处,应有灵物护持……"

　　灵感这个概念起于印度与阿拉伯。古希腊哲学家柏拉图在《大希庇阿斯》一文中对灵感之于诗的作用推崇备至,可参。灵感在中国叫灵气。《管子·内业》云:"灵气在心,一来一逝,其细无内,其大无外。"后来文学家用这个概念来概括文学创作中的灵感现象。如唐代诗人李德裕说:"文之为物,自然灵气,惚恍而来,不思而至。"(《李文饶文集外集·文章论》)明代戏剧家汤显祖也说:"予谓文章之妙,不在步趋形似之间,自然灵气,恍惚而来,不思而至,怪怪奇奇,莫可名状,非物寻常得以合之。苏子瞻画枯株竹石,绝异古今画格,乃愈奇妙。若以画格程之,几不入格。米家山水人物,不多用意,略施数笔,形象宛然。正使有意为之,亦复不佳。故夫笔墨小技,可以入神而征圣。"(《玉茗堂文之五·合奇序》)

灵气,毕竟也是气。钟嵘《诗品》云:"气之动物,物之感人,故摇荡性情,形诸舞咏。"叶燮在《原诗》中说,文学艺术反映"理""事""情",三者的本体是"气","气"之氤氲磅礴,就是"天地万象之至文"。曹丕《典论·论文》云:"文以气为主,气之清浊有体,不可力强而至。"在这里,"气"即指艺术家的生命力和创造力,包括生理与心理两方面。由此可见,灵感也非神秘之物。

问题是,灵感作为一种特殊思维,既然对汉诗创作的作用如此之大,甚至对画画、书法、音乐乃至科学发明等都有巨大作用,就有规律可循,我们为什么不对它展开研究,使之为人类做出更大贡献?

汉诗的构思

"相如含笔而腐毫,扬雄辍翰而惊梦,桓谭疾感于苦思,王充气竭于沉虑,张衡研《京》以十年,左思练《都》以一纪。"这是刘勰在《文心雕龙·神思》中所列举的文章构思艰难的例子。其实,汉诗构思的艰难并不逊于此。虽有思维敏捷如"子建援牍如口诵"(《文心雕龙·神思》)者,但多数诗人颇为构思而费周章。据《唐诗纪事》载,"浩然每为诗,伫兴而作,故或迟",因此"双眉尽脱"。杜甫为了"语不惊人死不休"而形销骨立,李白赠诗云:"饭颗山头逢杜甫,顶戴笠子日卓午。借问因何太瘦生?总为从前作诗苦。"韩愈《答孟郊》诗云:"才春思已乱,始秋悲又搅。朝餐动及午,夜讽常至卯。"为孟郊苦于构思而穷困潦倒的精神极为佩服。此亦足以说明汉诗构思必须付出极大代价。

从事实来看,汉诗能否成功,大半决定于构思。这是因为构思必须解决诸多问题。

第一,构思必须确定意境。

一首诗的终极目的,是创造什么样的艺术境界,传达什么样的思想感悟。这在吟诵之前必须明白,否则过分率意,则漫无边际。

试以《诗经·小雅·出车》为例:

我出我车,于彼牧矣。自天子所,谓我来矣。
召彼仆夫,谓之载矣。王事多难,谓其棘矣。

我出我车,于彼郊矣。设此旐矣,建彼旄矣。
彼旟旐斯,胡不旆旆?忧心悄悄,仆夫况瘁。

王命南仲,往城于方。出车彭彭,旂旐央央。
天子命我,城彼朔方。赫赫南仲,玁狁于襄。

昔我往矣,黍稷方华。今我来思,雨雪载涂。
王事多难,不遑启居。岂不怀归?畏此简书。

喓喓草虫,趯趯阜螽。未见君子,忧心忡忡;

既见君子,我心则降。赫赫南仲,薄伐西戎。

春日迟迟,卉木萋萋。仓庚喈喈,采蘩祁祁。

执讯获丑,薄言还归。赫赫南仲,狁于夷。

本诗写的是一位在外多年的征夫从抗敌前线得胜归来的情形。如何处置素材,使描写的内容创造出令人感动的艺术境界,使人受到深深的感悟?作者没有正面描写战争,而是侧重描写征夫归途中丰富复杂的想象内容,想象家乡田园庭院的状况,想象妻子正在做什么,想象妻子正在思念丈夫的情形。这在艺术上叫作"脱形写影"。就是这种"脱形写影",确定了全诗意境,"曲尽人情之极至者也"(王夫之《诗绎》),从而使读者在虚无缥缈中感受到传神写照、意在言外的美妙艺术。这种构思完全合乎诗的艺术规则,又突出了意境。如果正面描写战争与个人经历,那就成了毫无想头的散文了。

再如李白《客中行》:

兰陵美酒郁金香,玉碗盛来琥珀光。但使主人能醉客,不知何处是他乡。

诗写流放途中,恬然自适、乐为美酒所醉的情景。面对主人劝酒,是为自身的悲惨遭遇而伤心呢,还是笑对人生,表现出一向豪迈的气概?在李白看来,当然是后者。确定了这样的意境,诗的内容才有滋有味,令人百诵而不厌。如果换作孟郊或贾岛,就可能没有这样的胸襟与气魄。

第二,构思必须确定意象。

刘勰说:"……独照之匠,窥意象而运斤。此盖驭文之首术,谋篇之大端。"《文心雕龙·神思》意象是诗的本体,是构成意境的基本因素,所以在构思中随意境之确立,必须解决。试以屈原的《九歌·东皇太一》为例:

> 吉日兮辰良,穆将愉兮上皇。抚长剑兮玉珥,璆锵鸣兮琳琅。瑶席兮玉瑱,盍将把兮琼芳。蕙肴蒸兮兰藉,奠桂酒兮椒浆。扬枹兮拊鼓,疏缓节兮安歌,陈竽瑟兮浩倡。灵偃蹇兮姣服,芳菲菲兮满堂。五音纷兮繁会,君欣欣兮乐康。

据闻一多、郑振铎诸先生研究,知此诗为《九歌》

这组祭神乐歌中的迎神曲,所迎之神为东皇太一——伏羲。伏羲是苗族传说中的人类始祖,最尊贵的天神（《文学遗产》1980年第1期）。如何通过此诗表达对东皇太一的尊敬之情？这就必须借重意象的艺术效应。一要用什么神物恭请东皇太一？作者设计了玉珥之长剑、玉镇之瑶席与琼芳。二要用什么食品孝敬东皇太一？作者设计了兰藉之蕙肴、桂酒与椒浆。三要用什么音乐娱乐东皇太一？作者设计了扬袍拊鼓、缓节安歌、竽瑟浩唱,更安排了着姣服之灵（巫女）起舞与芳菲满堂。最终收到什么效果？五音交响中,东皇太一喜气洋洋。这些意象都渗透了作者对东皇太一的尊崇之情,言外希望东皇太一高兴之余,不忘赐福于子孙。这比《诗经》中的颂祖先、颂神灵,不知要具体、生动多少！

再如王翰《凉州词》：

葡萄美酒夜光杯,欲饮琵琶马上催。醉卧沙场君莫笑,古来征战几人回！

为了表达反战的豪迈之情,作者创造了"葡萄""美酒"等一系列美好意象,然后陡然一转,借重"醉卧沙场"这个意象,推出全诗意境,使人回味无穷。这宛如韩信点兵,奥妙尽在其中。

第三,构思必须确定表达方式。

《诗品》云:"文已尽而意有余,兴也;因物喻志,比也;直书其事,寓言写物,赋也。宏斯三义,酌而用之,干之以风力,润之以丹彩,使味之者无极,闻之者动心,是诗之至也。若专用比兴,患在意深,意深则词踬。若但用赋体,患在意浮,意浮则文散,嬉成流移,文无止泊,有芜漫之累矣。"

构思中解决了意境、意象两大问题,如何把二者巧妙地表达出来,就须考虑如何运用兴、比、赋了。

试以拓跋后胡氏《杨白花》为例:

> 阳春二三月,杨柳齐作花。春风一夜入闱闼,杨花飘荡落南家。含情出户脚无力,拾得杨花泪沾臆。春去秋来双燕子,愿衔杨花入窠里。

本诗题材是一个凄美的爱情故事。《南史》载:"杨白花,武都仇池人,少有勇才,容貌瑰伟。胡太后逼幸之。

白花惧祸,会父大限卒,白花拥部曲南奔于梁。太后追思不已,为作《杨白花》歌,使宫人昼夜连臂踏足歌之,声甚凄断。"

运用怎样的表达方式把这个凄美的爱情故事,谱成一支凄美的歌呢?故事主人公胡氏,显然是一个十分聪明的作者。她先用"兴"渲染了全诗的欢乐气氛,以与结局相对比:"阳春二三月,杨柳齐作花。"接着用"比"表达了自己快乐的心情:"春花一夜入闺闼,杨花飘荡入南家。"然后用"赋"与"比",描写对方的可爱,以及自己对爱情的珍惜。最后用"比"写出自己对爱情的渴望。根据意象的变化,恰到好处地运用了三种表达方式,从而使意境全出。

唐代柳宗元大概十分欣赏这首诗,用拟古方法也写了一首《杨白花》:

> 杨白花,风吹渡江水。坐令宫树无颜色,摇荡春光千万里。茫茫晓日下长秋,哀歌未断城鸦起。

诗用兴、比的表达方式。因为缺少了"赋",所以诗意比较朦胧。作者借此乐府古题,究竟要表达什么样的思想感悟,颇令后人猜测。

再如吴迈远《长相思》:

晨有行路客,依依造门端。人马风尘色,知从河塞还。时我有同栖,结宦游邯郸。将不异客子,分饥复共寒。烦君尺帛书,寸心从此殚。遣妾长憔悴,岂复歌笑颜。檐隐千霜树,庭枯十载兰。经春不举袖,秋落宁复看。一见愿道意,君门已九关。虞卿弃相印,担簦为同欢。闺阴欲早霜,何事空盘桓?

诗写壮士十年征戍归来,妻子因长相思而憔悴,昔年风光不再的情景。交替运用赋、兴、比。王夫之评曰:"才清切拈出,即用兴用比托开结意,尺幅之中,春波万里。"(《古诗评选》)

第四,构思必须确定所用技巧。

兴、比、赋仅是表达方式而已,还有许多技巧问题必须在构思中解决。譬如有这样两首乐府诗,一为《东门行》:

出东门,不顾归;来入门,怅欲悲。盎中无斗米储,还视架上无悬衣。拔剑东门去,舍中儿母牵衣啼:"他家但愿富贵,贱妾与君共餔糜。上用仓浪天故,下为黄口小儿。今时清廉,难犯教言,君复自爱莫为非。今时清廉,难犯教言,君复自爱莫为非。""行,吾去为迟!""平慎行,望君归。"

一为《西门行》:

出西门,步念之:今日不作乐,当待何时?(一解)夫为乐,为乐当及时;何能坐愁怫郁,当复待来兹?(二解)饮醇酒,炙肥牛,请呼心所欢,可用解愁忧。(三解)人生不满百,常怀千岁忧。昼短而夜长,何不秉烛游?(四解)自非仙人王子乔,计会寿命难与期;自非仙人王子乔,计会寿命难与期。人寿非金石,年命安可期;贪财爱惜费,但为后世嗤。

二诗都在画线的关键语上采用了反复的修辞技巧。这在构思时必须确定。

又如乐府《枯鱼过河泣》:

枯鱼过河泣,何时悔复及!作书与鲂鱮,相教慎出入。

以及鲍令晖《寄行人》:

桂吐两三枝,兰开四五叶。是时君不归,春风徒笑妾。

二诗都采用比拟的修辞技巧,事先必须确定。

这是用词造句方面的消极修辞,更有布局谋篇方面的积极修辞。

例如阮籍的《咏怀》(其一):

夜中不能寐,起坐弹鸣琴。薄帷鉴明月,清风吹我襟。孤鸿号外野,翔鸟鸣北林。徘徊将何见,忧思独伤心。

王夫之评曰:"晴月、凉风、高云、碧宇之致见之吟咏者,实自公始。但如此诗,以浅求之,若一无所怀。而字后言前,眉端吻外,有无尽藏之怀,令人循声测影而得之……步兵《咏怀》,自是旷代绝作,远绍《国风》,近出入于《十九首》,而以高朗之怀,脱颖之气,取神似于离合之间。大要如晴云出岫,舒卷无定质,而当其有所不极,则弘忍之力肉视荆、聂矣……盖诗之为教,相求于性情,固不当容浅人以耳目荐取。"(《古诗评选》)如此精心设计意象与意境,使主旨掩映在言辞之外与篇章之外,岂可在构思时不大费心思?

再如钱起《湘灵鼓瑟》:

> 善鼓云和瑟,常闻帝子灵。冯夷徒自舞,楚客不堪听。苦调凄金石,清音入杳冥。苍梧来怨慕,白芷动芳馨。流水传潇浦,悲风过洞庭。曲终人不见,江上数峰青。

把最佳之句置于末后,一唱三叹,回味无穷。据传,"起从乡荐,居江湖客舍,闻吟于庭中曰:'曲终人不见,江上数峰青。'视之,无所见矣。明年,崔曙试《湘灵鼓瑟》诗,起即用为末句,人以为鬼谣。"(《唐诗纪事》)其实不是鬼谣,是构思的收获。

据不完全统计,汉诗修辞谋篇方面的技巧不下百种。要创造出优秀作品,非熟练掌握不可,光凭格律是绝对写不出好诗的。刘勰还在《文心雕龙·神思》中提出构思要"寻声律而定墨"等诸多要求,可详参。其后,诗人们一方面铭记刘勰、钟嵘等人教诲,一方面不断总结经验,悟出了许多构思上行之有效的规律。

附录：丁川诗选

冬夜与陕北王师傅听雁

朔风起西北，群雁夜南飞。
人字渐零落，啼声亦式微。
关山唯涕泪，道路尽嘘唏。
颠沛半中国，谁来解汝饥？

访台南海上某渔村

一村尽胡姓，满口绩溪音。
争问故乡事，相邀枫树林。

笛吹《采桑子》，箫奏《水龙吟》。

半世思乡泪，三更洒满襟。

过芦苇荡雅轩茶馆

茶馆号雅轩，一壶三百圆。

当家阿庆嫂，揖客小婵娟。

壁挂凌波楫，弓收射雁弦。

昔年抗倭者，伏首数金钱。

"九·一八"作

灯火照通夕，管弦扰四邻。

酒家客喧座，舞馆伴争春。

红脸无醒者，蓝衫皆醉人。

休云国耻日，游冶达凌晨。

公司纪趣

工农兵学商，小子最风光。

锤雇鲁班举，地教稷父桑。

将军作门卫，博士管钱庄。

董事浑无事，日邀税吏觞。

家　园

稻田成宅基，布谷亦悲凄。

一曲催耕调，千家生计迷。

荷锄落何处，流浪忆烟畦。

房产公司笑，牛郎掩袖啼。

公宴劝酒歌

佳肴不用钱，美酒置君前。

莫患舟沉水，当师牛饮川。

特权到今夜，官票止明天。

兄弟共陶醉，何来洪秀全？

流民屋

春归人不归，茅屋颤巍巍。

霖雨朽槐栋，暴风摧荻扉。

笋生坏墙上，蓬户挂蔷薇。

新燕辞春去，落花满屋飞。

浙江潮

雷声阵阵啸，来势若天烧。

两岸行崩塌，群山尽动摇。

梅花千里雪，银柱九层霄。

放眼洪涛上，帆樯分外娇。

宿大理

天净月当空，水清花影浓。

渔歌隐三塔，鸥鸟没群峰。

洱海帆归浦，苍山暮歇钟。

何方犹鼎沸，后院说《天龙》。

题赣江桥头猫石雕像

仓中群鼠正喧嚣，四处托人寻逸猫。

不助主人除祸患，遁来都市作桥标。

和台北表兄《七夕感兴》

今夕无乌鹊，皆云赴汉河。

九天云着彩，两岸水澄波。

北斗光辉著，南箕颜色和。

遥看牛女座，星月共婆娑。

代金门老兵吟

晚潮落尽夜风轻，隔岸传来砧杵声。

怕见门前月光下，捣衣阿母泪盈盈。

渡湘访板仓

映江倩影是垂杨，风起长条犹断肠。

空舞纤腰盼游子，年年春色溺潇湘。

过瑞安陶山怀陶弘景

白云缭绕半山岙，不为奉君亏一毫。
齐梁到此几多姓，只有此山犹姓陶。

乌夜啼

广厦千间拔地起，竟无一寸许乌栖。
三更飞到草堂下，泪滴少陵坟上啼。

蒲公英

一生漂泊驾蓬飞，居不择仁能怨谁？
所幸腹中存妙种，纵生恶土亦葳蕤。

致吹笛者

一曲《梅花》四邑悲，劝君莫向故园吹。
踏霜父老寻工去，闻笛回头尽泪垂。

读 史

秦失其鹿归刘氏,汉宫烹肉九州香。
君臣狼嚼且牛饮,谁管饥民口水长?

归燕吟(二首)

一

昔日草房皆闭门,衔泥何处可栖身?
合村桃李空烂漫,欲诉寂寥无一人。

二

袅袅春风燕翅斜,远来重访旧人家。
阿婆茅屋徙何处,岂敢轻身入府衙。

公宴上代蛙鸣

开春擂鼓催耕播,入夏除虫护稻花。
忧患太多肌肉少,愧无滋味祭公牙。

仲夏之夜

夕阳西下月东升，一片清辉洒院庭。

树上蝉鸣渐宛转，窗前萤舞好娉婷。

老爹摇扇读《三国》，小子挑帘诵"五经"。

墙外尘埃都不见，满池菡萏吐芳馨。

谒同乡先贤爱国棋王谢侠逊墓

大帅无能守疆土，小兵荷戟独彷徨。

忍看汉界走胡骑，暗渡楚河为国殇。

不用弯弓便射马，无须挟匕即擒王。

功成身退枫林下，重整残棋忆救亡。

老燕吟

朝起剪风昏剪雨，双双扑向白沙堤。

衔来柳岸三秋草，筑就梁间一捧泥。

乳子安然巢里卧，老身何憾水边栖。

嘴尖虫豸香萦颊，空腹飞回道路迷。

谒新昌弥勒大佛

兀坐高台受朝拜，不关民隐自悠然。

初衷已背法华义，冷眼全忘大智禅。

岁藉诞辰索香火，时逢节日派油钱。

会昌毁佛非无以，韩表读来双泪涟。

除夕听修灶工哭诉

竟年汗水洒田垄，岁暮依然四壁空。

秋谷登场未成饭，夏苗欠债尽输公。

何钱更付治安费，唯命可当钟点工。

除夕有家归不得，华灯窃笑主人翁。

辛亥百年谒黄花岗烈士墓

生前血洒此山冈，赢得祭辞碑一方。

日久霉苔掩文字，岁长霖雨夺风光。

子孙何在去乡井，邑里谁来奠酒浆？

盼到清明犹落漠，饥魂且就野花香。

题《屈子行吟图》赠范曾先生

行吟泽畔衣褴褛，白发飘飘泪满裾。

饥腹空无郢一粟，愁肠犹系楚三闾。

瘦容惊起苇中鹭，孤影招来渊底鱼。

萧瑟秋风送哀韵，荻花芦叶尽唏嘘。

祖母纺纱

一夜纺车不停转，惊醒红日出天边。

晨曦入户灯方熄，蛾茧成丝蚕始眠。

落絮之中杂白发，蓬茅之上断青烟。

鸡声相慰渐成梦，梦向南山更采棉。

猴 王

心知王位非天授，拼死宁甘筋骨疲。

才逐青猿出瓜地，又挑白狄下桃枝。

浑身鲜血教谁舐，满地红毛听自吹。

夜夜三更不敢寐，风声鹤唳总生疑。

咏鹅寄远

　　1989 年春夏之交的那场政治风波之后，远在北京的学友邀我共访欧美，我辞以《孔子语录》尚未脱稿，无心他就。二十年后，他以美籍科学家身份还乡，再次热情相邀。我无词以对，但以此诗相赠云尔。

　　　　徒生羽翼不能飞，安命池塘与小溪。

　　　　嬉戏无嫌鸡作伴，浮游何忌鸭同栖。

　　　　浑忘祖籍在霄汉，已惯生涯眠柳堤。

　　　　过往天鹅休见笑，自惭去汝隔云泥。

跋

　　此书是十年前（2006 年）韩国成均馆大学聘请在下开设汉诗*讲座的讲稿合集。虽然当时的听众以博士研究生为主，但在下讲的时候有个假设对象，即像孙轶青（第六届全国政协副秘书长，书法家、编辑家、诗词家）一样文化程度不高，却十分重视诗词格律的老干部。他们的诗词知识主要是新中国成立几十年来在反传统思想主导下的文艺观。那时候，文艺界根本没有传统诗的位置，有的只是批判又批判的封建主义的"文艺糟粕"，屈原、陶渊明、李白、杜甫等诗人及其作品统统被打入冷宫。谁学他们的作品，谁就是"反革命"，连语文老师在课堂上都不敢提起他们及其作品。

---

　　* 汉诗，指中华汉民族创作的诗、词、曲，如《诗经》《楚辞》《乐府诗选》《全唐诗》《花间集》等所收集作品即是。

其实,我所讲的都是孔子、庄子、刘勰、王夫之等古代著名美学家、诗论家反复强调的诗学原理问题,一点儿也不新鲜。但五四运动以来,这些原理曾被反复批判,几乎销声匿迹,所以听来犹觉新鲜。例如传统诗创作方法之一"兴",在《东方红》歌词中就用过:"东方红,太阳升,中国出了个毛泽东。"但在"中华诗词"(指近几十年所兴起的新格律诗与词,而非如《全唐诗》《全宋词》那样传统诗词)中几乎绝迹。在强调弘扬中华民族优秀传统文化的时候,难道我们不应该将这些文字的艺术重新发扬光大吗?

这份讲稿前几年曾在我国台湾《乾坤诗刊》和韩国《东方》艺刊公开发表过,反响强烈。来采访的记者都将作者誉为中华文化的传播者。韩国学生更是多次挽留作者,甚至恳请作者移民他们的国家。

中华文化在汉唐时代曾吸引世界目光。相信随着中国的崛起,像孔子文化一样,中华诗词文化也会走向全球,遍地开花。

图书在版编目(CIP)数据

汉诗的艺术/ 丁川著.—杭州：浙江大学出版社，
2017.4

ISBN 978-7-308-16647-8

Ⅰ.①汉… Ⅱ.①丁… Ⅲ.①汉诗—诗歌欣赏—中
国—中老年读物 Ⅳ.①I207.2－49

中国版本图书馆 CIP 数据核字（2017）第 016926 号

汉诗的艺术

HANSHI DE YISHU

丁　川　著

责任编辑	杨利军	
责任校对	张一弛	
封面设计	项梦怡	
出版发行	浙江大学出版社	
	（杭州市天目山路 148 号　邮政编码 310007）	
	（网址：http://www.zjupress.com）	
排　　版	杭州林智广告有限公司	
印　　刷	杭州日报报业集团盛元印务有限公司	
开　　本	710mm×1000mm　1/16	
印　　张	13.5	
字　　数	104 千	
版 印 次	2017 年 4 月第 1 版　2017 年 4 月第 1 次印刷	
书　　号	ISBN 978-7-308-16647-8	
定　　价	36.00 元	